共同体

COMMUNITY 017

各美其美 美美与共

刘大任集　晚风细雨　刘大任/著　深圳报业集团出版社

图书在版编目（CIP）数据

晚风细雨 / (美) 刘大任著.-- 深圳 : 深圳报业集团出版社, 2017.8
ISBN 978-7-80709-800-3

Ⅰ.①晚… Ⅱ.①刘… Ⅲ.①中篇小说 - 小说集 - 美国 - 现代 Ⅳ.①I712.45

中国版本图书馆CIP数据核字(2017)第151432号

晚风细雨
刘大任　著

深圳报业集团出版社出版发行
(518034　深圳市福田区商报路2号)
山东鸿君杰文化发展有限公司印制　新华书店经销
2017年8月第1版　2017年8月第1次印刷
开本：880mm×1230mm　1/32
字数：100千字　印张：6.375
ISBN 978-7-80709-800-3　定价：55.00元

深报版图书版权所有，侵权必究。
深报版图书凡是有印装质量问题，请随时向承印厂调换。

目 录

序 我的父亲母亲：刘大任《晚风习习》《细雨霏霏》序 /王德威
/1

自序 抗战一代人
/13

晚风习习
/23

细雨霏霏
/103

附录 二流小说家的自白 /刘大任
/183

(小说)

晚风习习

◎ 刘大任

1.

我在父亲书房里整理他的遗物。

庞陪在台窗口楼的这间书房，採光甚佳，面积也不算小，摆下一桌一椅一橱之後，也没有迴旋餘地。父亲最後的十數年，大半時間都消磨在這裡，房中每一樣東西都留下了他的活動痕跡。整理這些東西，因此也不能不产生強烈的感觉，但我又不能不堅持下去。

书房向北側開了一排窗，面積也不小，因此晴朗的日子可以遙望台灣海峽的山巒餘暉，或許當初選這一間做书房，原因。但這難得的一点点開闊気象，却给樓下的蓬勃對消了。站在窗前，有充樓的不安。窗下切過一條排水渠，擱着一道泥牆，水流不阻挡開關閉閉，

《晚风习习》手稿一

很通畅，终年流淌着污泥和臭水，间或便闻得到一股浓重的霉味和闷气味。只有刮风季节间闻到水的时候，才奔腾不息。

父亲的晚景，现在回想起来，竟然似这种风向。

如果去年没有陪父亲回一趟他的老家攀枝花，探视，或者说我一生都将带着这份臭水沟的味道回忆父亲，也说不定。

十一月中旬，台北的云层压在很低很低，压住了屋顶，压在铁顶。空气欲雨不雨，天色又暗不明。满书房散乱堆叠着父亲的遗物，衣帽鞋袜，书报杂志，文具档案，图片字画……"哪些该留？""哪些该丢？""哪些该送？哪些该换？"每一件东西都是一个决定。但我屡屡不能决定。一种力不从心的感觉，胃痛一样，胀胀着。摊在面前的，仿佛就是解体了的父亲的一生，等待归档

《晚风习习》手稿二

序

我的父亲母亲
——刘大任《晚风习习》《细雨霏霏》序

王德威

"人心里可能真有些东西,连历史都无法阻绝。"

刘大任的小说久违了。在新作《细雨霏霏》里,刘大任写出一则悼亡故事。母亲逝世将近十年后,他回顾往事,怀念母亲的音容笑貌,母亲和父亲不快乐的一生,还有六十年前一代外省人渡海来台的种种悲欢离合。《细雨霏霏》的题材不算新鲜,刘大任的叙述简约低调,其中却包藏一段惊心动魄的往事。小说本为虚构,但对照刘大任以往的文字,《细雨霏霏》想来有不少自传成分，而刘的行文夹述夹叙，几乎有了抒情散文的气息。

《细雨霏霏》必须和刘大任的《晚风习习》(1989)并读，才能更体现作者感时伤逝的况味。《晚风习习》写的是逝世不久的父亲，以及他们那个充满挑战乱离的时代。父亲是五四后的一代知识分子，在启蒙革命的号召下走出穷乡僻壤，却因为性格和命运的拨弄，有志难伸。父亲的一生是个节节溃败的故事。及至他退守台湾，事业每下愈况，他的失意困顿甚至已带有国族寓言的色彩。与此同时，作为人子的刘大任逐渐长成。他对父亲的叛逆和疏离依稀有着父亲年轻时代的影子，但中年回首，竟一样有了徒然的感慨。

然而父与子之间毕竟有着血脉相连的关系。那不只是至亲的伦理关系，也是男性本能的默契和矛盾。刘大任写小学六年级和父亲洗温泉，"第一次看见他勃起的阴茎"，从而"以最原始的方式创造了我这个意念便化为本能的羞耻，固结在我的意识里，开启了我对他的叛逆"。性的启蒙,生殖与创造,衰老与死亡,父亲是以他的血肉之躯示范着什么是生命最根本的欲望,和欲望的冲动与不堪。

这一切以父与子的返乡之旅作为了结。彼时两岸隔绝,父亲的辗转回乡因此更有了些冒险意味。当年迫不及待要逃离的故乡,现在成为迫不及待要回归的故乡。人生一瞬,世事如烟,望着跪倒在先人尸骨无存的坟堆间、号啕不已的父亲,刘大任写道:"我至今也不明白,是什么力量让我走向父亲旁边,屈膝跪下。一切发生得那么快,那么自然。"这一跪无关封建礼数,而是更邈远的、对生命赓续的直下承担。在那一刻,父亲和儿子"仿佛是在现世以外超理性的非空白里,会过一次面"。

对刘大任半生经历略有所知的读者会明白,这一刻确是来得不易。刘出身台大哲学系,二十世纪六十年代末到加州柏克利大学攻读政治。那些年美国学运反越战,中国"文革",法国工运,革命解放的呼声甚嚣尘上。刘未几投身政治运动,因此放弃学业,甚至上了国民党禁止回台的黑名单。今天谈海外左翼运动，尤其"保卫钓鱼岛"那一段，不能不记上刘大任一笔。作为社会主义的信徒，刘大任曾唯科学理性是从。要经过多少呐喊与彷徨之后，刘方才了解"在理性的穷途末路与超理性的雷殛电闪间，有一个暧昧领域"。而父亲以他颠簸的一生，他的大去，引导刘大任进入这一暧昧领域。

《晚风习习》因此是刘大任试图与他父亲——和父亲所经历的那一个时代——和解的尝试。传统与现代、主义与迷信、理性与原欲、此岸与彼岸这些对应都太"五四"，太简单，难以解决其间的种种"暧昧"领域。革命和运动之后，千百万的人生还要继续过下去；狂飙的岁月已经远去，留下来的断井颓垣却得有几代人来清理。晚风习习，中年的刘大任回忆暮年的父亲，惊觉父子的路何其不同，又何其相似。他的不只悼念父亲和他那一代人的灰飞烟灭，也更不免有了"此身虽在堪惊"的感喟吧。

《晚风习习》写的是一位民国的父亲。将近二十年后，刘大任以《细雨霏霏》为一位民国的母亲作行状。两部作品虽然没有刻意对应，有心的读者还是可以看出种种关联。母亲来自书香世家，因为种种原因下嫁不算门当户对的父亲。战争和流亡逐渐磨洗母亲的风华和志气，到了台湾，她成为一个子女缠身、镇日为柴米油盐打算的小公务员妻子。这是对同床异梦的夫妻，但是再大的争吵似乎还不能动摇家的根本。故事中的刘大任兄妹是在既敏感又懵懂的环境中成长。

《细雨霏霏》写外省家庭初到台湾的艰难以及与本省家庭的互动，平实细腻；写作者少年成长的部分则显得平板。刘大任的风格从来是老成的，也许并不适合描摹青春期以前的那个世界。唯其如此，他叙事的距离感反而意外衬出故事的重点：对孩子们而言，终其一生，母亲是个不能也不愿被理解的人。母亲"不是个快乐的女人"；她甚至是个"不会哭的女人"。

母亲何以不快乐？如果父亲的失落来自一个时代的

辜负，一种抱负的幻灭，母亲的抑郁则隐藏着更细腻的问题。刘大任娓娓诉说种种可能：也许是因为当年下嫁父亲的委屈，也许是受够了迁徙流离的痛苦，也许是生下原本不想要的小女儿，也许是父亲与邻居妻子外遇的结果，也许是父亲肺病带来的家庭危机。终于有一天母亲崩溃，变成一个歇斯底里的女人。即使如此，母亲没有眼泪。

当父亲的困顿遭遇引导读者归纳出一个说法，甚至投向一则国族寓言时，母亲的歇斯底里症却是那样线索分陈，拒绝任何表面叙述的可能。由此引出的性别与叙事的差距，已经耐人寻味。但刘大任毋宁是借此试探另一种想象、回顾历史的方式。母亲日后在宗教中找到救赎，但症结并没有解开——直到刘大任又写出了一段返乡探亲的情节。

在两篇分别关于父亲、母亲的小说里，刘大任都以返乡作为情节的转折点。《晚风习习》里的父与子返乡为的是回溯家族谱系因缘；《细雨霏霏》父与子(还有小妹)返乡则为的是重会当年留在大陆的大女儿。在结构上刘将同样的故事主题重写了一次，但重点何其不同。如果《晚风习习》的返乡代表男性的宗法关系的完成，《细雨霏霏》所描写的家族团圆之旅则指向更深一层的离散和创伤。这趟返乡之行缺了一个要角——母亲，理由是她不愿意重回伤心地。当父亲抱着一个生在大陆，一个生在台湾的女儿大哭，"嗄哑苍老，夹杂着喘气干咳，重复不停，就一句话：'对不起你呀，对不起你呀……'"原应是小说的高潮。但故事并未就此打住，我们终于知道大陆女儿的父亲其实另有其人。

《细雨霏霏》里冷淡的夫妻生活原来埋藏了一段不可告人的秘辛。母亲曾经出轨，因为她不甘心只做妻子做母亲，她要做女人。这是典型的《包法利夫人》(Madame Bovary)故事了，但刘大任志不仅在此。如果母亲曾经不贞，父亲也曾有外遇，他们的婚姻何以竟维持下来？何以父亲又如此不辞辛苦找寻母亲的女儿，而且重逢之际如此真情流露？更要的是，作为人子，他要怎样地面对他的父亲母亲？

《晚风习习》中那个把玩鸡血石，核雕密戏的父亲到了《细雨霏霏》中更是不堪。晚年他在理发厅按摩解决性欲需要，成为笑柄，而母亲结扎了输卵管，并多年为风疹块所苦。禁锢的欲望，被结扎了的本能；刘大任笔下的父亲和母亲在伦理角色背后，挣扎作为一个男人和女人。当他们的痛苦内化成为病，为怨怼，为歇斯底里时，任何的国家民族大义似乎都显得无关紧要了。

然而刘的笔锋一转，他真正要叩问的是，在历史的虚无和混乱之后，在欲望的废墟间，是否还有些东西留得下来？《细雨霏霏》中痛哭拥抱妻子私生女的父亲，岂不比《晚风习习》中痛哭在故乡坟场中的父亲，更来得撼人？陡然之间，他晚年猥琐的形象开始熠熠发光。而不愿见到女儿的母亲在病危之际，终于在其他子女的安排下，在台湾见到女儿。她最后的期望是，"把爸爸的那张(遗照)照片带来"。这又意味什么样的罪与赎？

父亲与母亲一辈子不投缘,却有道是无情更有情的担待,也有爱屋及乌的义气。刘大任曾一度献身的社会主义信仰,竟然在父母悲欢离合的人生里,找到不可思议的例证。

回到《晚风习习》那句引人深思的话:"在理性的穷途末路与超理性的雷殛电闪间,有一个暧昧领域。"刘大任曾借着悼念父亲,试图涉足那个暧昧的领域。二十年之后,借着悼念母亲,他更进一步进入那个领域。他必须对他父亲母亲那一代做出更私密,也更包容的观察。那真是历经重重忧患的一代,而忧患又何尝止于国仇家恨而已?

比起《晚风习习》,写《细雨霏霏》的刘大任少了些"抉心自食,欲知本味"的凌厉,但是创痛仍然在那里。俱往矣,父亲和母亲那辈民国儿女,他们的欢乐,他们的忧伤。在一切的不圆满之后,刘似乎体会了革命启蒙、男欢女爱以外的情义,不是一两句话说得清的:"人心里可能真有些东西,连历史都无法阻绝。"他学会了尊重那个"暧昧的领域"。而从《晚风习习》写到《细雨霏霏》,刘大任自己也渐渐老去。他的风格依然冷冽,但你也感觉得到一股深情依然在他字里行间流淌。

自序

抗战一代人

《晚风细雨》由《晚风习习》和《细雨霏霏》两个中篇合成,实际上可以看成一个长篇。《细雨霏霏》的写作时间是二〇〇八年,晚于《晚风习习》几近二十年,但刊登时,编者视为"联作",即明白表示两者之间的"同质"关系。这个看法,我是同意的。

无论如何,两个中篇各约五万字,格式也一样,都由五十个短段组成,明白表示了我的心意,李商隐诗:"锦瑟无端五十弦,一弦一柱思华年。"

我跟我的父亲和母亲,在这个世界上共同度过的岁月，大约就是半个世纪。

那么，不少人会说：这是你的自传吗？

却不能同意。

确实，故事中有不少题材（百分之五十左右吧），取自我的父母，然而，时间顺序、细节与逻辑因果关系，又好像另成系统。小说素材的来源多样，有的取自道听途说，有的来自阅读经验，当然还包括杜撰和虚构，这是常识。一般而言，从常识出发，一旦进入小说的世界，就得服从某种更高的规律，依附小说本身所以能够生成和存续的哲学和逻辑，也就是小说的规律。或许有人会问：你究竟要写什么呢？

父亲和母亲过去后，写点东西纪念他们，的确是驱动我提笔的最初动机，然而，提笔之后便发现，我真正面对的，绝不止个人的追思、悼亡。在我个人的伤痛追悔中，无法制约地，整整一代人，整整一个时代，像集体记忆即将消失的莫名恐惧，随他们的往生，排山倒海而来。

我不能不面对，也不能不写他们那一代人，那一个时代。然而，我所谓的"那一代人""那一个时代"，对祖国大陆读者而言，可能不太好理解。

这是《晚风细雨》第一次正式在大陆出版，我必须向大陆的广大读者做一些交代。

首先必须说明：那是什么样的一代人，又是个什么样的时代？

重大的历史事件，可能产生社会的主流思潮，从而形成占主导地位的一代人。在中国现当代的历史发展中，五四运动是个明显的例子。五四运动的影响绝不止于一九一九年前后的所谓新文化运动，更不限于所谓的"德先生"和"赛先生"。五四运动产生的是所谓的"五四的一代"，他们生活在二十年代中国以来的政治、社会、经济和文化生活的各个层面，基本上支配了中国以后至少三十年的走向和轨道，直到一九四九年新中国成立，蒋介石败退台湾。

但我写的不是"五四的一代"，而是"抗战的一代"。

如果抗战始于一九三一年的九一八事变，我父亲那年刚好二十岁，正在武汉大学读预科，准备读土木工程，计划着他以现代工程技术挽救落后贫穷国家的一生。大学毕业后，他回到江西老家的省政府建设厅工作，不到两年，卢沟桥事件爆发，从此投身救亡图存。

抗战期间，除了躲警报、逃难，他带着一家人，积极参与抗日救亡，在赣南帮蒋经国修筑机场；以资源委员会广西龙州站站长身份，负责将稀有金属运往当时仍为法国殖民地的越南，换取武器弹药，支援抗战；后又转往昆明，任空军少校工程师。

父亲在青年时代就努力钻研美国的田纳西水文计划，他的一生志向就是建三峡大坝，实现中国的现代化。不幸的是，他在蒋介石跑到台湾前一年，就因就业而去了台湾，永远失去了参与三峡计划的机会。不过，似乎是作为补偿，却也曾小试身手，作为主要的工程师之一，他参与建设了台湾第一座综合水力发电工程，石门水库。父亲的后半生在台湾度过，几近四十年的专业生涯中，台湾从南到北的水利工程建设中，留下了他的身影。

所谓的"抗战一代人"，在现代历史上，应该就称为"建设派"。

什么叫作"建设派"呢？

简单说，这是一批专业知识分子，他们虽然感受到五四的影响，却没有投入改造世界的事业，而在国弱民贫、外侮压顶的危局中，基本上只依靠自己的专业知识和技术，力图避免亡国灭种，设法逆势扭转国家的命运。

孙运璿应该是他们的代表。抗战胜利台湾光复后，日本殖民者临去之前，破坏了台湾的电力系统，并扬言：中国人没有能力，台湾三个月之后就将进入黑暗世界。孙临危受命，带了一批年轻的工程师，在不到五个月的时间里，恢复了台湾百分之八十的电力供应。蒋经国过世前，原规划让孙接班，不料他因中风而半身瘫痪，才让伪装手法一流的李登辉，钻了空子。

一九四八年春夏之交，父亲带着全家赴台就业，在上海等船，那将近一个礼拜的时间，我们在上海玩。奇怪的是，那时不过八九岁的我，留下了一个非常特别的记忆——母亲的手。虽然在抗战期间也跑过半片江山，母亲从来没到过上海那样的国际大都会。我的印象深刻，尤其是穿过车水马龙的街道，母亲紧紧抓住我，我的手仿佛被铁手掐入骨髓，不得不跟随她那既不敢慢又不能跑的蹒跚步伐过街。直到有一天看见了母亲从不示人的"解放脚"，才恍然大悟。

这种"解放脚"，是在裹脚进行到相当程度的时候，突然中止，那双脚的形状，介乎天然与人工之间，虽然保持脚的大致原形，却失去了脚的大部分功能，母亲是一辈子没有办法跑步的人。她那一代人，如果没有祖荫，又没有独立的经济能力，便只能像她的"解放脚"一样，步履蹒跚地度过一生。

我的父亲和母亲，便是这样的一代人。

正如王德威教授所指出，两篇小说的叙事，都以回大陆老家祭祖、探亲、访友等情节为重要转折。但我必须说明，叙事的时间点很关键，小说人物看到的中国大陆，是一九八五年的大陆。

一九八五年的大陆，是个什么样子？现在的很多人，可能都无法记忆了。来自台湾的小说人物，是在两岸交往尚未解禁（一九八七年秋）之前，必须设法绕过台湾当局的阻挠干涉，类似冒险犯难的情境下，才有可能实现几十年政治关山阻隔的回归之旅。

一九八五年的大陆，改革开放政策虽已确定，各地的执行与实践，仍在摸索阶段。"要致富，先修路"还未开展，特别是偏远落后地区。小说中表达的，某省的一级公路上，居然出现农民晒谷、老牛睡觉的现象，现在听来，不仅天方夜谭，更像是故意诬蔑。然而，那是实情，是我亲眼看见的。

小说人物，特别是"父亲"那个角色，对那个时代的西方现代建设，显然有一定了解。他的观感，不能视为单纯的失望或反感，读者应该设法深入他的内心，看到沉痛底层的恨铁不成钢。那也是作为"建设派"的我父亲，终身愿望落空下的痛苦表现。

多么遗憾，我父亲在那次回归后，当年便像完全用光了所有精力，泄了气的气球一样，突然过世了。他如果活到今天，面对死亡时，或许不至于那么萧条落寞吧。

抗战一代的"建设派"和他们的接班人，今天终于站在时代风浪的前端，在全国各地，甚至在"一带一路"沿线，在亚非拉众多落后地区，正式站稳了落实梦想的脚跟，这是何等重大的历史大转折！

我在《晚风习习》的结尾，特别为那位父亲取了个意义深长的名字：袁轩。

不妨点明，袁轩不就是"轩辕"两字的倒装，象征着历史文化不绝如缕的脉络，绵延五千年的传承。

二〇一七年三月八日　雅各溪畔

晚风习习

01

我在父亲书房里整理他的遗物。

坐落在公寓四楼的这间书房，采光尚佳，面积也不算小，摆下一桌一椅一橱之后，还略有回旋余地。父亲最后的十四五年，大半时间消磨在这里，房中每一样东西都留下了他的活动痕迹，整理这些东西，不能不产生受刑的感觉，但我又不能不坚持下去。

书房向背面开了一排窗，面积也不小，晴朗的日子可以遥望台北盆地边缘的山岭余脉，或许父亲当初选这一间做书房，就为了这个原因。但是，这难得的一点点开阔气象，却给楼旁的洼地对消了。站在窗前，眼光放在近处，便不免有危楼的不安。窗下切过一条排水渠，横搁着一道堤坝，闸门常闭，水流不很通畅，终年淤积着污泥和臭水，开窗便闻得到一股浓重的霉烂气味。只有台风季节开闸放水的时候，才奔腾不息。

父亲的晚景，现在回想起来，竟略似这种局面。

如果去年没有陪父亲回一趟他的老家祭祖，探亲，或者终我一生都将带着这条臭水沟的味道回忆父亲，也说不定。

十一月中旬，台北的云层灰茫低沉，压住了屋檐，压在头顶。空气欲雨不雨，天色若暗若明。满书房散乱堆叠着父亲的遗物，衣帽鞋袜、书报杂志、文具档案、图片字画……哪些该留？哪些该丢？哪些该送？哪些该烧？每一件东西都是一个决定。我迟迟不能决定。一种力不从心的感觉，胃病一样，膨胀着。摊在面前的，仿佛就是解体了的父亲的一生，等待归档，等待纳入于我完全陌生的秩序。我迟迟不能决定。

翻检着父亲的遗物，在解体了的父亲的一生里，寻找自己，寻找我与他生命相碰触的刹那。

隔着密封的玻璃窗下望，邻院一株芒果树，像一朵硕大无朋的绿色的花，向上升起。万千叶片，微微颤栗不已，仿佛有无形的手，暗暗拨动。

习习晚风，默默推移，向着未来，向着过去，向着终结，向着开始。

02

父亲过世一年后，母亲的伤痛逐渐平复。是否真的平复，实在很难测知。唯一看得出来的是，她的日常生活作息似乎已恢复常规。后事办完那一段日子，母亲最不好过，她一位中年丧偶的朋友建议我们给她换个环

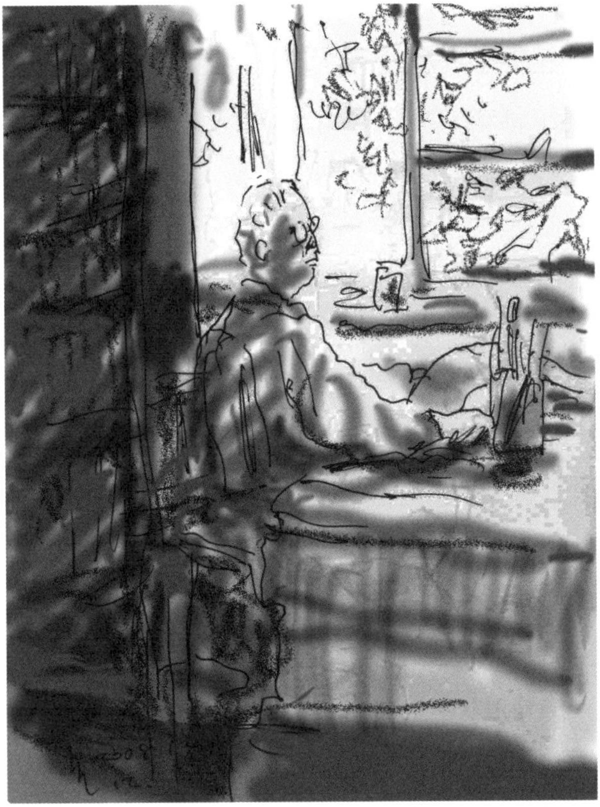

境。"……换个地方住，也至少要半年……"她说。

跟我来美国半年以后，恰好是春天。有一天，天朗气清，母亲在院子里除杂草，忽然对我说："这么一片地，尽种花，多可惜……"我们于是买了一包空心菜菜种，在杜鹃和玫瑰之间，开了一畦菜地，不到两个月，居然开始收成。

"你爸爸最喜欢用辣椒、豆豉、肉末爆炒，菜叶去掉，菜梗剁成丁……"

祷告后，母亲用小碟盛了肉末空心菜丁，放在空给父亲的座位前面。

03

没有了父亲的世界，总觉得有点不太一样。究竟不同在哪里，又怎么也想不清楚。仿佛不是在眼睛那里，而是在大脑的视神经上，生了一层雾，看什么都有点隔，包括事业、工作、天气、嗜好、朋友……甚至天下大事。

可是，儿女亲情，却无端认真起来。

弟弟来信说："父亲昨夜入梦，说他现在很好，叫我们安心……"

然而我没有梦。

事实上,除了一次噩梦,我几乎一次也没梦见他。

有一阵,睡前特意面对父亲的遗照凝思良久,以为这印象打进去,睡熟自然会重现,结果什么也没有,只不过增加入睡的困难。闭眼躺在黑暗里,怎么努力都无法凑出他的形象。刚打入脑中的影像,居然就这么消失,仿佛被顽强的理性力量击碎了一般。这是父亲撒手两个月以后的事。

噩耗刚传来那一阵,情况更不好。特别是最初两个礼拜,力量出奇地强烈,到了完全违反常理的地步。那时候,经常睡不沉,肉体紧张,心里空洞,觉得被什么不可理喻的东西牢牢执紧。那时,我渴望有梦,睡醒以后,却不觉有梦,只觉得费力挣扎了一晚,持续向虚无打着空拳,全身累乏的程度,不下于一场艰苦的重体力劳动,不但肌肉疲乏,骨骼也酸累不堪,甚至牵连脑神经组织,既未动用,该宽松平和才是,但还是累。不但累,而且绷得死紧,像张在架子上风干的兽皮,完全失去了梦的能力,只为周遭往来不息的风所充满,整个人翻滚在旷野,就像小时候跟父亲读唐诗读到"转蓬"的那一类字眼留下的印象。

那一段日子,大约不到两个礼拜,始终不知道曾否入睡。我想一定睡着过的，因为第二天办事还是有精力，但感觉上似乎不曾睡着。每晚熄灯以后，第二天起床之前，时间照例流过，流过的是一段既无意识也无梦的空白，迷离恍惚之中，偶尔可以感觉自己全力与视而不见触而不觉的什么东西搏斗，但我看不见自己，也看不见搏斗的对手。但有一次，全力搏斗当中，突然痉挛起来，不是局部的痉挛，是全身。不是真正的肉体痉挛，是半意识状态中感觉自己经历着痉挛。然后，痉挛逐渐平复，我还是看不见自己，却看见了父亲。

大约离我头部两三尺的上方空间里，父亲仰卧。我当时并不诧异，为什么躺在下面的自己却看见了父亲向上一面的身体。父亲一如往常，鼾声重而浊，但也没有让我不安宁，也许小时候听惯了他的鼾声，反而觉得家常温暖。忽然，却听见电话铃响，弟弟哽咽的声音越洋传来。"爸爸去了。"他说，他一向说话都是先交代重点，再补细节，这种时刻，习惯依然不改，"……心肌梗死……半夜走的……叫过救护车……妈妈还好……"仰卧中父亲的身体，剧烈震动，仿佛受到重物撞击。他张大了嘴，两手屈曲，向下猛抓，胸部努力上挺……

一个月以后，家祭仪式中，才看见父亲的遗体。父亲的遗容，与我的噩梦相反，十分安详，除了嘴角微张,一点看不出他临危的挣扎。

此后我每次吸烟,便觉得肺部氧气不足,噩梦中父亲垂危挣扎的那个形象也每每出现。

听说人在弥留时刻,脑组织里往往迅速闪过自己的一生,像无声电影。弟弟说医生判断父亲病发于子夜时分,因为来势凶猛,前后不过两三分钟。两三分钟的时间,除了生理部分的本能反应,有可能产生大限临头一类的自觉吗?那两三分钟里,父亲看到了自己一生的最后上演吗?

从躺在棺木中的父亲脸上,我找不到答案。

04

父亲的晚年,如今想来,并没有求得幸福;他倒下的时刻,心灵是否平安,也很成问题。他一生的最后愿望,回老家看看,总算是满足了,然而,这趟一再推迟的旅行,与他原先的预想,实在有很大的距离。有没有带给他心灵平安,却因为他的猝然过世,永远无法知道了。

父亲信中曾经提到过"退隐田园,儿孙绕膝"一类的话。我不知道这是否代表他的幸福目标,或者只是因为现实上的不可能,成了他晚年的遗憾?

父亲和他的父亲，两代中国人都在残留的儒家传统中面对自己的死亡。然而这个儒家精神世界，在物质和抽象两个层面，都已千疮百孔。

追悼会上，父亲抗战时代的一位老朋友要我告诉他父亲临终的情况。听完我的叙述，他沉思片刻，忽然说：

"前世修来的福气！"

我凝视他眼中闪烁的恐惧，不禁悚然。

父亲六十岁退休，享寿七十四。退休后过了十四年无聊而又无奈的生活，眼见自己青年和中年时代的理想一节节崩溃，眼见儿女一辈在自己无法理解的新世界里胡乱冲刺，而日渐萎缩下去。

"十四年，唉！差不多两个八年抗战呢，也算是高寿了！"

父亲的老朋友感叹着。

父亲那一辈的人经常以八年作为计算时代变迁的单位。六个八年前，他们一起躲过空袭，逃过难，救亡过，图存过，发誓要把中国建设成铁道、公路、水库、电站密布如蛛网的现代国家。

我知道父亲一直以为自己至少要活到九十岁的。他书桌的玻璃垫下压着张群的"长寿秘诀"。长寿似乎成了父亲那一代的人面对死亡的最后一件武器。

在离老家十几公里的汽车里,父亲提到早已去世的大伯说:"可惜了,老大一辈子没有享过一天福。世界太平的话,应该活到九十岁的。"

大伯、父亲和祖父都吃过虎骨熬成的膏,家乡人相信,吃过虎骨膏的人都可以活到九十岁。

大伯在"文革"时挨过打,祖父在土改时挨过打。山沟农村的阶级斗争方法是朴素的,都是跪在地上挨柴火抽打,农民的手当然也重一些,受点内伤是免不了的。父亲心里明白,他们挨打,自然与他跑到台湾去有关,但他也跟绝大多数中国人一样,从不怪罪制度,却暗中打听当初谁动了手。我知道任何解释都无济于事,便尽力瞒着他,但终究无法消除他的愤懑。祖父和大伯都未享天年,父亲认为他们都应该活过九十岁,九十岁大概就是父亲晚年体会出来的"幸福"代号吧。

虽然生活在不同的社会制度下,父亲也未能求得这个"幸福"。

如果父亲弥留前的挣扎中曾经一度清明,他或许意识到自己还差了十几年,他的心灵不会平安,依父亲生平的脾气推想,他一定会说:

"我不服气,不服气……"

父亲终于没有留下一句话就走了。

两三分钟的挣扎，可能比长年瘫痪更残酷，就像判官大笔一挥，生生抹杀一桩血淋淋的冤案。

我确知，父亲倒下的时刻，我们的灵魂，几乎就要相遇。老家之行，使我们有机会朝夕相处，而且，这一次，是我带他不是他带我，我第一次觉得可以同他以人与人的关系相对，而不是父与子。

如果再给他十几年的时间？

不，不，我也不相信我有能力给他幸福和平安。

05

一个人的一生，究竟能留下什么呢？整理父亲的遗物时，不免纳闷。

在北京琉璃厂的荣宝斋，父亲绕着那几列货柜转了不止十圈，终于下决心买了一块鸡血石。石头还没有他大拇指的一半，鸡血也只得一丝丝，我看见货柜里还躺着一块，形体粗壮，血色鲜红欲滴，斑纹造型有动感，但标价不止十倍。父亲的眼睛盯着这一块大的，对售货员开口时，手却指着那块小的。我心里动了一动。买便宜货是抗战前后成长的父亲那一代人根深蒂固的习惯，我当时曾有打破这习惯的冲动，然而，那带血的石头，那整体粗壮的形状，刺戳着我。听人说，老年人玩古董，往往与性欲有关。一种仿佛羞耻的感觉突然袭来，我便沉默着，看父亲完成了他的交易。

回旅馆后，父亲把买来的东西一一摊在桌上欣赏，忽然挑了那块鸡血石说："这个留给你玩。"我以不必要的大声拒绝了他，就像十五六岁时拒绝他给我安排任何他认为于我有益的事情一样。

小学六年级同父亲一道在北投温泉洗澡，第一次看见他勃起的阴茎。从那时开始，父亲以最原始的方式创造了我这个意念便化为本能的羞耻，固结在我的意识里，开启了我对他的叛逆。

听说鸡血石上的血是人的精魂所化，入殓时，妹妹因此用绒布包好那块鸡血石，塞在父亲的寿衣口袋里。我脑子里不停闪着这样一个念头：留给他玩还是留给我做纪念？我终于没有要下那块鸡血石。帮助我做决定的仿佛是宁愿相信有灵魂存在的一种渺茫的希望。

父亲的灵堂设在客厅里，一切布置、规矩、仪式都按葬仪社的指示办理，因为我们完全不知道怎么做。夜深人静，客厅里关了灯，只留下灵位前两支仿蜡烛形状的弱光白灯泡亮着，照着父亲的遗像、灵牌和白菊花、水果，气氛森冷凄清。妹妹说她半夜不敢到客厅去。

"是你爸爸嘛！有什么好怕的，他的灵会保佑你的。"母亲说。

父亲的灵魂是否同我们在一起，我不敢不相信，也不敢相信。弟弟说父亲经常出现在他梦中，甚至对葬礼的一些细节都提出了指示，我们都照办了，然后父亲说，他很满意。老家之行回来后父亲活了两个多月。那两个多月，母亲说他把魂丢在大陆了。葬礼前后，我们散居各地的子孙大都回来了，母亲说父亲的魂也回来了。

我第一次感觉灵跟魂不是一样东西，至少在活人的脑子里有区别。然而，父亲究竟留下了什么呢？

物质的遗留物是符合常识的。父亲留下了一些房产，一些书画，一些子孙。然而，物质是会解体的，房产、书画、子孙，迟早都要解体。就是附属于物质的抽象精神，像怀念，也将随所附的物质解体而消失。父亲留下了什么呢？

06

父亲一死，我和弟弟、妹妹以及母亲，我们每一个人的一部分，也随之死亡。

葬礼后的那天晚上，全家人聚在没有了父亲的屋子里。连日来精神体力都已耗竭,却没有人有睡意。一向不爱谈哲学的弟弟忽然说:"这下我们上第一线了。"

屋子里虽然冷清,却明显感觉到一家人彼此之间被无形的什么牵结在一起,究竟是什么呢?我搜寻着搜寻着,终于发现那就是父亲的体温。

07

父亲晚年也费力做过一些事。

他用他的退休金投资,跟朋友合伙办了一间学校,又东挪西凑,在乡下盖了一栋"花园洋房"。

父亲的职业是土木工程师,他一辈子盖过无数建筑物,这最后的一栋,却因陋就简。花园里,他的果树与母亲的瓜菜,互相纠缠不清,都长得面黄肌瘦;洋房里面,五十年代"克难"时期到七十年代经济起飞以后的不同时代的家具,塞满了每个房间。父亲和母亲都舍不得丢东西,储藏室里还可以发现三十年前的旧报纸,一沓沓用我当年从巷口小店买来的麻绳捆在一起发霉。

父亲跟随祖父信奉基督教,现实生活中却不自觉地实践着传统儒家的做人信条。父亲的相簿中有一张祖父故居的发黄照片,门楣上一块匾"积善人家庆有余"。花园洋房里的三代同堂,儿孙绕膝,欣欣向荣,这个境界,正好是基督教伊甸园与儒家伦理世界的现实结合,又恰恰与他土木工程师的生涯牵连着。盖这栋房子的时候,父亲也许想创造这样一个境界。他的晚年却很孤独,子女散居各地,"花园洋房"住了两年,终因母亲看病交通不便而搬回城里。

父亲兴学的志愿,也是草草开场草草收场的。由于资金不足,校址选在偏僻地区,学校开办三年,一共招不到两百个学生,终于在财政压力下,以儒家固有的人事纷争方式送了终。

葬礼结束后,我去收拾善后,又到"花园洋房"去逗留了几天。这一次,除了忙杂务,心情烦闷时,曾在附近走走,无意间却发现了父亲当初选在这里"归隐"的另一个动机。

房子坐落在通往山区的斜坡地上,附近人烟稀少,只有一条碎石子路与外界相通。建地既然不高,又非名山胜地,所以也没有什么景观可言。可是,循石子路往山里走,却别有天地。

一天下午,我沿着碎石路散步,不到半小时,路的右侧便出现一条溪谷,谷底乱石错叠,谷壁杂花生树。最难得的是溪水的颜色,或许那天的光照也起了些作用，翠树青草融化其中，一片绿的波动，几近透明。

那一天，也是下午三四点钟，离老家不到五十里的公路上，路侧也出现一条溪流。应该不只是溪，因为水面平缓宽敞，大概有三四十公尺，但夹峙在相对高度大得多的两山中，感觉上也只是溪。那溪水的颜色也一样青翠透明。父亲曾指着那绿波说："四十年前，我提了四只樟木箱，带了你们，坐这种乌篷船出的门……"

我确实看见那条"溪"里有一叶形大小与纸艺相若的木船，因为一路困顿倦乏，昏昏沉沉，竟无从触知父亲的感伤，只隐隐觉得父亲语意带来的不快，仿佛看见捉在别人手里的自己的命运。

父亲提起老家，常用"山清水秀"四字。他的花园洋房，因为财力有限，其实不过是偷工减料的平民住宅，他的三代同堂也不曾实现。但他晚年的生涯里，至少有这么两年，每天下午散步，都看到依稀故乡的山清水秀，虽然这里的山，只是个土疙瘩，这里的水，恐怕连纸艺规模的船也载不动吧。

08

我在父亲的遗物中无意翻出了一颗木雕的核桃。核桃的造型颇写实，大小、形状、纹路都似真，设计也颇见匠心，绾合开关没有采用金属丝一类外物，只利用果蒂的自然外观在内里雕成环扣。颜色也好，或许经过多年抚摸把玩，熟润之外，还略有光泽。

掀开两片外壳，一对四肢纠缠眉目如醉的欢喜佛赫然在目。

父亲停止的心脏，忽然在我胸腔里猛烈跳动起来。

09

警报后一日，市面特别繁荣，因为日机每三天空袭一次，已经连续两个月了。

父亲在前母亲在后，挤进那间高悬大减价布帘的绸缎店。我甩脱母亲的手，留在店外。

"不要走开啊！"

被人推拥着的母亲回头喊。

骑楼下有个中年汉子，面前摆着一只木制大水盆。那人用火柴点着灯芯，不一会，青烟冒起来，白色的小汽船破浪前行，发出规律的马达声，嘟嘟嘟嘟……

我走进绸缎店，心里只有一个念头。母亲一定不答应，父亲如果买到他喜欢的被面，便向父亲开口。我在人堆里寻找父亲。

这时警报响了。起先并没有听见警报，只觉得周遭所有粗壮的大人腰杆突然间同时一跳！然后才听见那声凄厉的长啸。

被夹在大人的躯干丛中，我不能呼吸。鞋子丢了，两脚踩不到地面，身体歪了，我双手拼命抓住身边不知谁的衣襟，等我意识到自己坐在街心的时候，四面已空无一人。

我没有哭，却清晰听见水盆那边嘟嘟嘟嘟的马达兀自不停。

长街的一头有一轮落日，橘红滚圆。我听见有人呼唤我的乳名，然后，父亲的身形出现，仿佛从太阳里跑出来。他的影子拉长，几乎盖满一条长街。

防空洞里面有一股霉味，还有汗臭与烟草的焦味，黝暗而窒息。有人喃喃祷告。母亲的手搂住我的脖子，微微发抖。我抱住父亲的腿。

从来没有这么强烈的感觉，世界安全而牢靠。防空洞外，奇异的白色光柱交叉扫动。远方，隐隐有沉闷的爆炸。

10

胡子叫髯口,身上穿戴的衣帽鞋袜叫行头,带穗子的长鞭叫马,手提着两面旗在中间走碎步叫车,椅子架在桌子上叫山,两手莲花指互相一比画就是爱情。这些都是父亲在永乐戏院教我的。

然而我爱上的却是汉明妃风衣上两条又粗又长又白又软毛茸茸轻飘飘的绒带。父亲不知道那该叫什么。但是我看见雪。塞外穹苍下无边无际飞扬着的白雪。

11

父亲有一支金星钢笔,可是他不叫钢笔,他总是说:"我这支水笔……"

那支水笔,雄黄颜色,透出玛瑙的光泽。那支水笔,特别粗,笔套上弹簧扣尖端那一粒钢球,特别大。我最喜欢玩。笔套摘下来,空的一头朝下,垂直站好,手掌心抵住顶端,往没有弹簧的一边一带,笔套忽地倒下,又立刻弹起来,上下刚好颠倒,手掌心轻轻接住笔套空的一头,像完成了一点什么。

我那支伟佛钢笔,随便怎么练,就是不行。

玩得正起劲，父亲却说：

"别糟蹋了，现在哪有这么好的东西。这支水笔，跟了我几十年，武汉、昆明……八年抗战，南京、上海……"

父亲还有一方铜砚盒，上面镌着四行十六个字："书法钟王，文窥左国，缘深仙佛，契通神明。"

12

下午七点钟，阳光仍然耀眼，母亲紧紧捏着我的手，穿过汽车飞来飞去的柏油马路，走向一堵高墙。

我穿的木屐是菜市场买来的便宜货，右脚那一只黏着黑胶似的沥青熔浆，陷住了，着急一拔，襻带忽地断了。母亲猛力拖着我，一只赤脚一只木屐，高低不平的我，在滚烫的马路上蹦跳着。到了墙边，我突然用力挣脱，飞跑回马路中心，把那只破木屐捡回来。我看见母亲吃惊的眼睛，在八月的阳光下，闪着泪光。

父亲苍白的脸，在墙的那一面冒出来。也许站在凳子上，也许靠墙有一把扶梯。父亲的上身倚过来，弯过墙头，用手揩抹我脸上的汗污。我感觉他的手十分柔软，仿佛没有骨头。我立刻将夹在腋下的邮票本呈上去。这是一册自制的邮票本，里面贴着我最得意的外国邮票，是从法国在台协会墙外的垃圾箱里翻出来的。

父亲得的是二期肺病。疗养院不许小孩子探病。他穿蓝条子的睡衣，像电影里面的囚犯。

回家的路上，母亲仍然紧紧捏着我的手。这一次，我没有挣扎，只静静听她抱怨："你找死，你们都找死，索性死光了，我就解脱了。"

13

父亲得肺病期间，弟弟刚进小学，我就要毕业，妹妹学会了爬。她的爬法很别致，不是四脚兽的动作。她坐在榻榻米上，像一个要饭的乞丐似的坐着，然后用脚跟和臀部作支撑，向前一拱一拱地移动。她爬行的速度倒不慢，负责看管她的我们，一眨眼就发现她又不见了。我们两个大的，成天赤着脚，在三间房间里面，用橡皮筋和报纸折的子弹打仗。

妹妹特创的爬法，现在回想，不过是营养不良的结果。母亲奶水不足，奶粉又买不起，妹妹是喝米汤长大的。

饭桌上放着一台胜家牌缝纫机，是用父亲的同事和同巷邻居集合捐助的救济款买回来的生产工具。母亲每

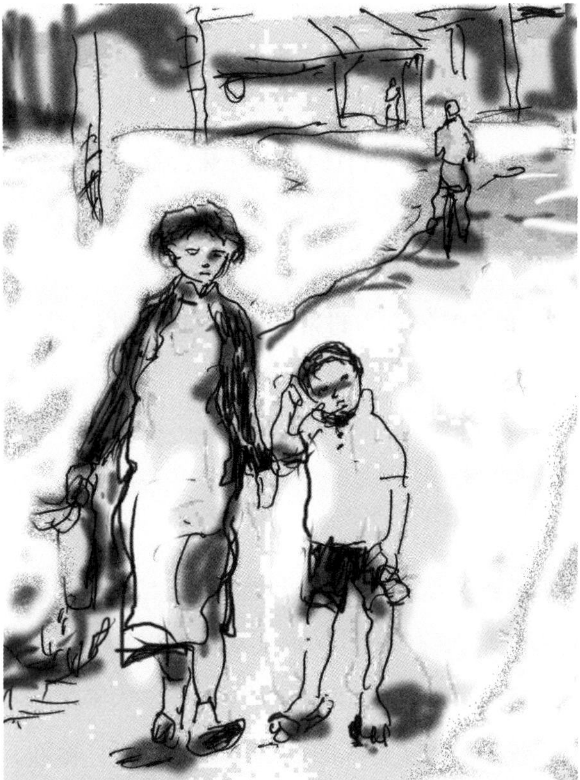
2008.12

天忙着剪裁缝纫，满地板的碎布花，踩在脚下一滑，好像溜冰，我们觉得在过年。

礼拜天一大早，母亲用床单做成包袱，把缝好的童装带到附近小菜场去摆地摊。晚上，我们碗里添了一块带肥油的猪肉，还有一小节香蕉。每个人分到一根香蕉的四分之一，男生吃肚子女生吃两头。妈妈是女生，妈妈的一头特别小。只有门牙的妹妹含着一小节香蕉尾巴，鼓胀着嘴，用臀部在榻榻米房间里飞快地游动，发出咿咿呀呀快乐的声音。

"等爸爸病好了，"母亲说，"你们就每礼拜每人一根香蕉。"

14

米格和军刀又打架了。开始不是真打，每人手上一条竹棍，学剑侠唐璜，一群人从巷头斗到巷尾。半中间，米格向军刀挑衅，两个人弄假成真。大家都说米格不对，说好了腰以上不准碰，但米格个子矮，输急了便戳军刀的脖子。

军刀的脖子没有受伤，但肚子上扎破一块皮，流着血。闯祸的米格一溜烟躲进了敏雄家。大家赶到敏雄家门口，门关死了，墙虽不高，但里面隐约传出狼狗的低噑。军刀领头，一群剑侠唐璜在门外叫战，敏雄把玻璃窗拉上，高挂免战牌。

大家排成一排，撩起裤管，对准敏雄家的大门小便。

一架三轮车骨碌碌踩进巷口，车夫抓着刹车杆左右乱摆乱敲，发出赶人的噪音。大家正准备散伙，敏雄家的窗子忽然拉开，两个光脑袋伸出来。

"你们给我小心！下一次二二八，给你死，给你死！"

那天晚上回到家，屋子里的气氛有些异常，居然还没熄灯。那一阵，父亲在家养病，不到十点便上床休息。

父亲指着我的鼻子骂："游手好闲，不务正业！"

我低下头，没有作声，心想我的暑期日记已经记到了下个礼拜天了，啰唆什么。

父亲坐在藤椅上，膝上摊着一张晚报，头版头条的黑体字紧张夺目："麦帅奉召回美！"

"反攻大陆没希望了……"

我听见父亲向母亲低声说。夜深人静，弟弟妹妹的呼吸声，从壁橱改装的上下铺里传出来，此起彼落。

15

　　每一年的三节，家里都很热闹。那一年的中秋节尤其热闹，因为要杀狗。

　　我不知道那条狗是怎么弄来的。过节前两天，放学回家，后院树脚下便出现了，绳子拴着。那狗，也特别不起眼，实在不像食物，瘦伶伶夹着条秃尾巴，眼睛圆圆的四处张望，仿佛对它的新环境很好奇。龙叔叔是个内行，他说十几斤，两三年的最好，皮不嫩不老，肉不紧不松，骨头也不会硬得剁不碎。

　　午饭后，老乡们陆陆续续来到，一进门，父亲就喊："有狗肉啊！"太平山林场的李伯伯带了一大包新鲜冬菇，在花莲部队的贺叔叔抱了两只乌骨老母鸡，欧阳叔从金门捎来了高粱……屋子里开着机关枪连珠炮，连母亲都听不太懂父亲的乡音，她也从来不喜欢这批吃狗的客人，她管他们叫叉巴子，这是母亲老家的土话，普通话叫作蟑螂。

　　叉巴子占领了我们的家，然而那是一种快乐的占领。屋前屋后人来人往一片闹哄哄，父亲好像变了一个人，脸上泛着少见的红光，声音也变得粗壮有力。那一天，我们都听不太懂他说的话。

龙叔叔拿了一条木棒，用布袋罩住狗头，对我说："最多打三下，别教它出声，出了声，跑了气，就不好吃了。"龙叔叔口气认真，他说今年他教会我，明年就该我动手了。我看见他倒提着两条狗腿的手臂，肌肉扎实，青筋暴露，怎么也觉得自己不够格。

按照老家的规矩，狗断气以后不开膛，先用滚水烫，然后刮毛。后院起了个临时的灶，大把松枝烧起来，不但火旺，烟一熏，还带松香味。龙叔叔卷高了袖子掌厨，旁边围着一圈小男生。半锅油烧滚，起大烟，还是不能下锅，龙叔叔等烟烧个干，抓一把糖，撒下去，搅动锅底，那油通红纯净，竟似没有温度，光溜溜的像一潭死水。狗仔一下去，嗤一声，立刻遍体金黄，却一点不焦，变成一整块半透明的麦芽糖。然后，麦芽糖斩成碎块，同辣椒、生姜、大蒜、豆豉、料酒、酱油一起回锅。最后一道手续，加上十几条葱，撒上八角、茴香、芫荽，再用细火慢慢地炖。

母亲始终避得远远的。每一年的三节，母亲心里都不会太痛快。父亲是山沟子里出来的，母亲从小在湖边长大。

"这批蛮子，老AB团，杀人放火，什么干不出来……"

筵席散后，父亲听着母亲唠唠叨叨，也不还嘴，只眼睛眯眯地，似笑非笑。

"这个月亮，有什么味道，在我们老家……"

父亲分月饼给我们，才又恢复他半吊子的普通话。

16

我们从指南宫下山，踏着石阶，一路有下沉的感觉。

父亲荷包里装着一张签条，是那种稀薄的半透明的纸，一浸水甚至不能揉成一团而立刻化为纸浆似的纸。上面印着的签文我一句也看不懂，老和尚的"解"我也听不懂。只记得"逆子"两个字的声音，因为那是个生僻的新词。父亲的脸，铁灰了一个下午。那一年，我十三岁，父亲四十岁。

那年暑假，父亲到苗栗、竹山、苑里、台中一带巡回出差，最后到了日月潭。我一路跟着他，因为暑假作业要交蝴蝶标本。

那一年，我的暑假作业得全班第一奖。我捕到一只双翅展开几乎一尺的大彩蝶，挂在校长室门口的玻璃橱窗里。每个人经过都停下来看一眼，我有时假装有事，站在一旁看路过的人停在彩蝶面前欣赏。

进旅馆的时分已是黄昏，旅馆的接待室布置了许多山产，一种怪异的空气逗引着我的触须。

我们的房间临水，一开窗，湖山隐隐，在薄暗中挑拨。我仿佛感知无数的陌生生物，埋伏在视线所不及的角落里颤动不已。

父亲的兴致极好，晚饭喝了点酒。我不明白他是怎么安排的，也许他以为小孩子出门旅行累了，一上床必定睡死。然而那些无以名状的细小生物在我闭上的眼睑后面活跃着。半夜里我听到一些奇怪的声音，我的神经根根绷紧。夜漆黑一片，但门开时走廊里的灯光涌进来，我看见一个女人的身体悄悄出去，随手掩上了门，黑暗重新笼罩。我睁着眼睛，直到天亮。

我想我后来终于战胜父亲，就是因为有这一次经验。父亲的偶像倒坍在黑暗里。我现在还可以听见他的呻吟。

我们在山道上捕获那只大彩蝶，是用父亲细白色的大甲草帽盖住捉到的，蝴蝶翅翼上的金粉沾在手指上，闪闪发光。父亲向柜台要了一张马粪纸，用大头钉钉上。

那是一只完美的彩蝶，我的童年便钉在那张粗糙的马粪纸上。

17

　　隔着纸拉门，我们的房客，一个上海单身生意人，正在练习唱京剧，收音机里播放着颖若馆主的《锁麟囊》。萧叔叔一字一和，跟着运气行腔。

　　"你懂什么？你懂个屁！"

　　我向父亲大声吼叫，同时拼命忍住眼中的泪水。

　　父亲坐在沙发上。这套沙发，是用萧叔叔预付的房租押金换来的，也是家里第一套添置的摩登家具。塑胶皮厚而光滑，颜色俗艳，蓝得闪眼，弹簧强而有力，座位中间的假皮高高鼓起，父亲的身体因此有些前倾。母亲苍白着脸，犹豫着，想去拉父亲的手。父亲的手微微颤抖。

　　"不听教的畜生！"父亲冷冷地说，提着水壶走向他后院的兰架。

　　颖若馆主的声腔，引起我脑后某处微弱的共鸣，萧叔叔的嗓音却松散无韵。两支不协和的曲调扭成一股乱绳，在父亲撤退后的房间里面互相撕咬，天黑以后，才被榕荫里传来的蝉声镇压下去。

　　夜深就寝前，翻阅日记本，发现母亲的留条。

　　"以后千万别这样，人家会说你不孝的……"

然而我第一次感觉到成人的欢喜，虽然离十五岁生日，还有三个月零五天。

18

从不做家事的我，晚饭后，自动收拾碗筷、抹桌子、扫地、洗碗。弟弟烧好一壶开水，给父亲泡了一杯茶。妹妹也一反常态，从书包里掏出作业来，三个人围着饭桌用功。屋子里静悄悄的，只偶尔听见飞蛾扑窗的轻微撞击。饭桌上方，吊着一粒发黄的灯泡。

每次母亲出走，家里便有一种大祸将临的空气，虽然我们心里知道，过不了三天，母亲就会回家。母亲私底下安慰我们：她走开几天，只是要杀杀他的威。

父亲的威，很快便杀掉了。

有那么两三年的时间，我清楚感觉到，父亲的情绪，每隔一段日子，便像涨潮的海水，渐渐涌上来，一次比一次高。然后，经常是鸡毛蒜皮，便触发一场无法收拾的争吵。

我始终不知道，引起他烦躁的，究竟是什么。在当时，甚至多少年后，我都以为问题出在他的婚姻。或者当时的我，只具备本能的自卫感应：他们的婚姻触礁，我们便跟着灭顶,如此而已。我当时完全不知道,人可以完全顺从习惯,无论多么烦躁。婚姻只不过是建立习惯的工具之一罢了。而父亲早已借他的婚姻形成了不可动摇的习惯。他的婚姻不可能触礁,因为他早已顺从了习惯。烦躁不过是一时的骚扰,而习惯恒如磐石。

父亲自己知不知道呢?

多年后,父亲在我家里做客,看见我突然失去了控制,随手抄起一根棍子就要往他孙子的身上扫过去。

"算了,"他说,"你这是跟自己作对,将来要后悔的。"

看来他走过的路,我也难以避免。

我终于在我自己的挣扎与不安里,看见了父亲多年前的不安与挣扎;同时,我也从他的妥协与屈服里,看见了自己终将妥协、屈服。

19

晚上十一点半了。这个时间,一向用热水泡香港脚的父亲,却在客厅里不停地来回走。

午夜十二点,广播里播出《三民主义歌》,父亲仍未就寝。躺在床上看书的我,侧耳谛听。

父亲敲我的房门，叫我带他去。我相应不理。妹妹后来红肿着眼，对我说："他就砰一下推开门进来，用手电筒乱照……"

那是妹妹第一次应邀参加舞会。

20

学校早就放学了，四个篮球场上只有弟弟一个人在练习投篮。

我们两个人骑一部车到附近的弹子房去消磨一个夜晚。

"记不记得教你们的那个骚包生物老师？身材像碧姬·芭铎的那个……"

我想起在校最后一个学期，瘦皮猴在右脚鞋面上贴一方小镜子伸进她裙子底下去问问题的场面。

"昨天晚上，从门缝里看她洗澡，货真价实呢！"弟弟说。

弟弟给安排在图书馆里寄宿，两排书架中间刚好放一张行军床。他从图书馆里偷了一批禁书给我，有巴金、有茅盾，还有鲁迅和郭沫若。

父亲前一年调职外地，全家也一道搬过去，除了弟弟，因为他初中就要毕业。那年暑假，父亲接到他一落千丈的成绩单，咆哮起来：

"我不知道你将来准备干什么！靠卖屁股吃饭？"

21

我想，父亲大概就在我现在这个年龄，开始意识到自己的事业，已经到了尽头。那时候，我十七岁，高中就要毕业。

高三下开学后没几天，导师把我叫到教务处。跟平日不同，他让我坐下。

"你父亲来过，我们谈了很久，他决定要你报考乙组。"

我不知道他的意思是否在征求我的同意。看他的脸色，却更像是通知。

我所有的好朋友都考甲组，班上成绩好的，都考甲组。

考乙组有点像分进女生的队伍。整整两个月，我觉得抬不起头来。

我不明白，为什么所有家长都把子女往甲组赶，父亲却反其道而行。

父亲是个土木工程师，他自己也属于甲组的。

父亲的事业说不上失败，也不能说成功。他的问题只是上不上，下不下。

高中那几年，我开始养成早起上洗手间的习惯，其实是为了挤去脸上不时冒出的青春痘。父亲跟我争用同一面镜子。我往往得捺着性子等他。他用两手的食指，绕着两个眼圈，由左向右再由右向左，各按摩一百下，为的是消除眼袋周围的皱纹。他的皮肤开始松弛，头发开始稀疏。他每天花在洗手间的时间暴露了他的悠闲，暴露了他事业上的僵局。

我们不时听见他的抱怨，某人对不起他，某人是个伪君子。他后悔自己不曾留学，因为"如今上面不重真才实学，只看见洋招牌"。从母亲开始，家里每一个成员都隐隐觉得自己扯了父亲的后腿。

父亲的结论是，中国的政治不上轨道，造成了他的不得志。

我于是明白，父亲硬将我押进乙组，原来有这样的心理背景。虽然，如果深思熟虑，我自己或者也会挑考乙组，但，这是另一个问题。

那一次父亲严重地冒犯了我。

官宦家族出身的母亲，早就看出一些问题。父亲引以为荣的性格——诚实、耿介、直率、倔强等等，在母亲眼中，不过成了动辄得罪人的做官障碍。"他这个脾气不改，就是留了学也没用。"母亲私底下批评他。但她也不爱应酬。外祖父家里见惯了大场面，这样捉襟见肘的日子，有什么面子跟人敷衍。母亲不说，我也明白。

父亲的中年，如今想来，虽未至众叛亲离，但确实有那样的空气。

22

父亲过世不到半年，我便发现，许多东西，都在逐渐冲淡、消失。

最先消失的，是声音。他那浓重的带乡音的普通话，忽然再也模仿不出来了。然后我发现，他的中年、青年和老年时代的脸，便按照这个秩序，次第模糊、冲淡、重叠，而终至于无从唤回。

有时翻看照片簿，对视良久，父亲的脸，竟然好像人群中闪过的似曾相识的陌生人的脸。

最后只剩下他晚年行路略显蹒跚的那个姿态。

这种情况，同父亲在世时，完全不同。他生前我们也往往长年不见，但从来不觉得有什么东西消失，随时想到，声音、笑貌、影像、体态，立刻一一唤回，印象新鲜而且完整。

有一只巨大无形的手，从我依然活着的脑神经纤维上，一点点抹去父亲。

不，正在逐渐死去的，不可能是已经亡故的父亲，是我。

23

有天晚上，一个远方的朋友来访。我们坐在屋后阳台上，面对一山森森，谈灵魂不朽。

一年前，父亲就坐他的位置，在灯下翻看地图，计划他的归程。

老友说，他完全相信自己的不朽，"所有的人，都是不朽的。"他说。

父亲是否在上方夜空里往下望？我抬头，黑色大块里有一点流萤，忽明忽灭。

"早在亿万年前，你便已经存在。那时，你可能在几千光年以外，在另一星系，你是另一种生物，但那就是你，你的前身。"

老友的眼睛，深沉而静，像湖中布满青苔的石，他说他练功进入状态后,便与宇宙万物合而为一,因为宇宙万物就是最终最小单元的组合,他可以把自己化为最终最小的单元。只要聚精会神,便做得到。

"当你化为宇宙的本质,宇宙与你,你与宇宙,便没有分别。"

二十五年前,老友是个社会主义者,我也是社会主义者。老友的社会主义,包容了灵魂不灭;我的社会主义,未排斥进化论。

二十五年后,老友只剩下灵魂不灭。我呢?

我忽然发觉,原来我一生不过是个朴素的达尔文主义者。

一个根深蒂固的信念,横亘在父亲的灵魂与我的自觉之间——没什么东西是不能毁灭的,一切都将毁灭,一切都将消失。

达尔文主义者思索着灵魂不朽,没有什么比这个更荒谬。

24

然而,达尔文并非一定是达尔文主义者。达尔文本人,其实有两种姿态:君临和臣服。

达尔文站在一条分界线上。他的前面，是人的现状和原始，生物的演化和起源，他以他的理性君临一切。同时，你隐隐感觉，他的背后，不是一片空白。面对着超理性的非空白，你可以看见俯伏在地的达尔文。

我从来没有同父亲谈过现世以外的任何问题。我们的父子关系，始终拘围在理性的锁链范围内。只有一次，很不能确定的一次。

抵老家的次日，村子里的同宗，安排上山。

"你祖父葬在龙穴上。"在省城做木工的远房叔父走在我身旁，压低了声音告诉我这个秘密。

如果只看山岭逶迤的线条，任何丘陵地都可以看成一条伏地欲飞的巨龙。

我没有搭理。忙着前前后后拍照。

一条人龙从老祠堂前面的村道涌出来，游过村口蓄水塘边的堤坝，上了田埂小路，弯弯曲曲，向山岭爬去。

两个晚辈青年女子，扶持着龙头位置的父亲。一人捧着父亲的左肘，一人在右，在父亲头顶上方，撑开一把红色的桐油纸伞。父亲手里摇着雪白的宣纸折扇。

镜头里的这个场面，因为太像通俗武侠电影，我因此一丝虔诚也无从激起，反而觉得虚假。

转过山岭的尖端，忽然现出水泥颜色犹鲜的祖父的坟。筑于鼻头状山丘的中段,面向空旷无涯,位于荒草野树之间,前后左右极尽视野,只有这一座新造的孤冢。

坟上青石碑镌刻四方斗大黑字。

"与主同在"。

上千村民把父亲拥在中央。七十多岁的父亲,忽然像小孩子一样跪在地上号哭起来。

我知道祖父原来的坟,早在"文革"前,便已刨去。村子里几百年来的坟场,全都刨尽。这新坟里,甚至连祖父的衣冠也没有。然而,父亲的四肢与头,都伏在泥土里。他的号哭持续着,渐渐嘶哑。

我至今也不明白,是什么力量让我走向父亲身旁,屈膝跪下。唯一可以确定的是,我当时的头脑里,没有任何活动,因为我完全没有心理挣扎的印象。一切发生得那么快,那么自然。

我想,我与父亲,在我们生命重叠的一段岁月里,也只有那一刻,仿佛是在现世以外超理性的非空白里,会过一次面。

25

如果有超理性的力量显现在你身上,你便可以说,你所服膺的完全由理性推衍出来的世界，也可以是虚妄的。

理性与超理性之间，究竟有没有通路？

在理性的穷途末路与超理性的雷殛电闪之间，有一个暧昧领域。

父亲去后，我进入这一暧昧领域。

从暧昧领域中，我窥探父亲的一生。

父亲的精神生活，像他那一代的多数知识分子一样，依从少年时代吸收的一些原则为人处世，此外多不深究。毕生的精力，全用于应付时代的苦难。父亲一生的作为，尽力不违反儒家的教条；他信仰基督教，一半因为这是祖父的信仰，另一半，我怀疑他抱着的不过是宁可信其有的态度。

然而，这是我一贯依照常识理解的父亲。父亲的生命，必不止于此，否则，我如何解释他的死带给我如许震撼。如何解释七十四岁的老人像儿童一般号哭哀啼，如何解释中年的自己竟然在感觉上完全陌生的地方与人群中那么自然地跪倒在地。

必然有一个法则，一个超理性的法则，通过一些暧昧的渠道，牵引着理性世界里的父亲，支撑了他的一生，而甚至不为他所自觉。

从这个暧昧领域，我窥探。

仿佛完全理性而无意义的父亲的一生，忽然在他行过的某些地方，留下了轨迹，且微微发光。

26

父亲一生的最后一次旅行，便是这样一次无从理解的微微发光的历程。

27

十年前，父亲远道来看我，第一次提到"回老家看看"，我笑了笑，未置可否。我连说服他都觉得太烦。"文革"刚过，唐山大地震刚过，几位国家领导人都刚刚去世，新闻媒介几乎天天报道着惊天动地的大事。父亲翻阅我订给他看的香港《大公报》，忽然摘下眼镜，瞧着看不见的远方说："还是回去看看，不亲眼看看，总不死心……"

"那还不如留着它，当作希望。"

我没有说出声，却暗暗下了决心。

28

是什么让我改变决心，带父亲回他的老家？我想，是因为看见了全身蛀空的父亲。

有几年，父亲忙着环游世界。他加入名目繁多的旅行团，用观光代替生活和工作，用杀时间的办法来抢时间。两次观光旅行之间，父亲用他一笔不苟的工程字写五大洲记游，寄给同学会、同乡会的杂志发表。我读过这些文稿。父亲的文采、思路，同他的书法一样，都是土木工程体——可以尽责，不能尽心，我因此知道，这个游戏，肯定玩不了太久。

果然，五大洲之后，父亲的心思渐渐靠向他生命的源头。他跟老家亲戚的联络日益频繁起来。寄钱、托人带三大件五小件、修祠堂、重建祖坟，海峡两岸通过异国流浪的我这一类第三方，共同办起了祖宗崇拜事业。我知道，老家地方虽小，也有中共中央指令，三通成了国策，地方官自然大力推动。老家的亲戚更是全力以赴，压抑了几十年，终于有了扬眉吐气的机会，海外关系由负变正，争取父亲回去，成了光荣的政治任务，我不想参与，但也很难阻止，因为父亲正日渐衰老。

出发前一年，父亲多方搜集资料三次重订的族谱寄到，我感觉他正滑向一个自以为熟悉实则完全陌生的世界，我完全不清楚，父亲的心理组织，还有多少承受震撼的弹性。在他心目中，四十年的中国革命，只不过是修水坝、铺铁路、粮食增产、卫星上天。

我隐约感觉不祥。

怀着这种预感，我回台北看父亲，想把他从这个轨道上拉回来。

三年前还跟我玩过一下网球的父亲，忽然成了龙钟老人。

他走路迈不开步子。每走一步，两只脚的间距拉不开一只脚的长度。陪他散步，我往前走上一段，再回头等他。他留在十几公尺以外，像京剧旦角碎步走圆场，两脚交叠前进，只不过速度成了慢动作镜头。

他的嘴唇呈乌青色，嘴角向下撇。坐在他的老藤椅上看报纸，翻不到两页便歪开头打起鼾来。

我衡量了一切，终于在离台前违背了初衷，答应父亲带他回他的老家。

那时候，距开放探亲还有两年，我们的计划因此必须保密，必须绕一个大弯。父亲第二年六月申请到美国来看我，在这里办理去祖国大陆的手续。回程则经过香港回台北。因为中国大使馆另发旅行证，父亲的证件上不至留下任何痕迹。表面看，他只是去了一趟美国。

所以定在六月份来美，是因为他要参加孙子的中学毕业典礼。

促使我改变立场做出这个决定的是同父亲长谈后，那天晚上的一个噩梦。

我梦见自己被猛虎追扑，我跳上一株大树，我往上爬，我两手抱紧树干两脚钩住枝丫。猛虎在树底咆哮纵跃。突然，树身松散成粉末，父亲的脸在粉末中浮现。原来是一棵由里到外全部蛀空了的树。

第二年六月，在机场接到父亲，才明白自己受了骗。父亲脸色红润，健步如飞。我早就忘了，人虽然老了，还是可以保留他的狡黠。

只是他的嘴唇仍然乌青，我竟然完全没有想到，可能他胆固醇过高，乌黑的嘴唇或者显示他血液里的氧气不足。

29

从阳台向后山望去，最先进入眼帘而且无从避免的，便是这棵栎树，因为它就长在阳台以外不到五英尺的地方。

我将一卷粗大的剑麻绳系在腰间，顺铝梯往上爬。人到半空中，才感觉树的不可侵犯。载重后的铝梯，开始轻微摇晃，我的身体也跟着摇晃，两条腿的着力点，仿佛在一根不时移动的单杠上。但我的头部，已深入叶片组成的绿海。风吹来，每一片树叶，都颤动如生命的舞蹈。

我坚持不为所动，在树肩附近套上绳圈，打上活结。然后，我下梯，同时努力镇压自己的心跳，将绳索的另一端拉向五十英尺以外一株老枫树的树干。

我戴上木工用的透明塑料眼罩，戴上手套，提起链锯，走向它。

叶隙漏下的阳光，点迹斑斑。空椅子里仿佛有父亲的身影，我似乎仍旧听见父亲的声音说：

"这棵树，拦在眼前，教人胸口闷塞，不舒服……"

我在离地四英尺对着阳台的树干背面先锯出四十五度的一个楔形开口，再从另一面下锯。

木屑纷飞，在眼镜上迸跳反弹。手臂和脸部被击时，有轻微的麻痒。裸露的喉颈，则产生尖锐的痛感。

树轰然倒地。

没有了噪音的周遭，出奇地静。没有了荫蔽的阳台，初见光亮，红木上一片傻白傻白的阳光。

不习惯劳动的我的手臂，终于无可抑制地抖动起来。

30

一年前的这个季节,父亲在阳台上计划他的旅程。他面前摊满了一桌子的资料,地图册,旅游须知,风景名胜图片,亲戚朋友、老同事、老同学的来信……

在一张白纸上,父亲用红蓝二色原子笔勾勒着一串地名。

蓝色的一串写着:广州——桂林——昆明——成都——重庆——武汉——蚌埠——黄山——杭州——上海——苏州——老家。

他在重庆与武汉之间的横线用红笔注上"三峡"两字;又在黄山与杭州之间的横线注明"富春江"三粒红字。

红色的一串写着:广州——上海——南京——天津——北京——洛阳——西安——成都——重庆——武汉——庐山——九江——老家。

庐山后面有蓝笔画的圆括弧,括弧里面说:"半世纪矣!"

一九三七年,抗战爆发,父亲曾经到庐山受训,之后,投入抗战救亡工作,开始他五十年的流浪生涯。

父亲在两条路线之间斟酌了又斟酌,终于合成了一条路线。"这次还是以扫墓祭祖为主,下一次再游山玩水算了。"他的口气，仿佛舍不得离开玩具店的小孩。

我按照他拟定的最终路线去旅行社办好手续。一沓机票与表格交在他手里时，父亲仔细核对一遍，摘下老花眼镜，望着后山的满眼苍郁，叹了一口气。

"哪里还有下一次呢？最好一网打尽，你还是给我把黄山和庐山补回去吧。"

考虑到他的年龄和体力，父亲最后一次旅程里的两座名山，终于还是给我画掉了。

父亲因此闷闷不乐好几天，最后我答应带他去一趟北京西山卧佛寺。"那里有孙中山的遗物展览呢，又可以顺路看看曹雪芹著书的黄叶村！"我哄他说。他这才又开始匆匆整理行装。

31

下午六点钟，我从我寄居的地方给丽都饭店拨电话。

"喂，请给查查××先生的房间号码。"

父亲今天从西安到北京。这时刻，我估计他应该已经到了，应该还不会出去晚餐，应该在房里休息。

我握住话筒，等了大约十分钟。

"这里没这个人。"

话筒里传来的，是二十岁左右的标准北京女子的声音，每粒字咬得很干净，每一句句子都匀称、细长，听起来，不冷不热，很有自信，绝不像台北的京片子。

"请你再查查S。"

我继续要求。中国人的姓和名，一进电脑，极可能头尾颠倒，因为洋人习惯，总是名先行，姓放在后面。又过了十分钟。

"没这个人，去别家了吧？"

十分自信的北京女子说。

"不可能的，他参加的这个Y528团，从你们这儿出发，说好了今天下午再回你们那儿的。能不能麻烦你查查Y528团回来了没有？"

"我请我们副经理给你查。"

我想象柜台一定很忙，或者北京女子嫌我纠缠不休。然而，我同父亲一个礼拜以前分手，我去上海他去西安。我早他两天回来，我寄宿的地方，他不知道，我们约好了由我找他，因为丽都就是北京的假日旅馆，跑不了的。

十五分钟以后，副经理说："我们这儿没接待过这个团，你大概弄错了吧！"

我不得不承认，我有点慌。因为，除了这个碰头地点,在北京,我跟父亲没有一个共同的熟人。我告诉自己不要慌。

有四个办法,我跟自己分析。第一,打电话到西安去查,但是,Y528团住西安什么宾馆,我又不清楚;第二,打电话到机场去查,但我立刻放弃了这个选择,因为机场在中国大陆,同军事机密太接近,常识告诉我,最好别碰;第三,打电话查问北京每一个招待观光客的旅馆;第四,到丽都跑一趟,碰碰运气。

我选了最后一个办法。最没有把握,但最简单。先排除了这个,再去攻难度大的。

丽都的接待大厅,档次比美国任何一个大城的假日旅馆都高上一级,有点像Hyatt。大厅里有现代雕塑,有抽象画,有灯光配置,有热带植物,还有穿着黑色晚礼服的室内乐队,演奏着十八世纪的欧陆宫廷音乐。

我找到当天值班的经理,一个三十多岁戴金丝边眼镜,高鼻梁方下颚的北京青年。一看就知道是个全力拥护改革开放的第三梯队接班人。

我磨住他,我希望排除任何可能发生的人为错误。

接班人翻阅了整本电脑印件。他把父亲名字中每个字的所有可能的英文译音反复查了三遍,然后斩钉截铁地对我说:

"一定到别家去了，要不就是改了计划。"

我谢完他，并向他要了几家大观光旅馆的电话号码，准备就在这儿打电话继续追踪。脑子里面，仿佛台风扫过。

四台供旅客对外使用的电话都有人在用，我捺着性子等待。旁边的墙上，有块布告栏，我的眼光只不过消磨时间似的浏览着，却在右下角一粒图钉钉住的一张白纸上发现了"Y528团参观活动日程表"。今天是七月二十八日，我用无法控制的轻微颤抖的手指往下找：下午六时至八时，全聚德烤鸭大餐。

父亲从外面同一批笑语喧哗的观光客走进来，手提照相机，脸上容光焕发。大厅里面，维瓦尔第的《A小调小提琴协奏曲》正奔向高潮，音浪一波高过一波。四把小提琴，把整个大厅变成了罗马之夜的广场。意大利式的欢乐，像银色的喷泉，涌向灿烂的星空。

32

从旅馆十二楼的窗口往下望，下午四点半钟，有个渔夫出现。太阳略西斜，网撒开，像一片落叶，只水花溅起时，才感觉它的重量，同时有粒粒晶体似的反光。

偶尔也看见彩虹,零零碎碎的彩虹,随闪随逝。

渔夫的载具是四个充气的橡皮轮胎,上面架着木板。渔夫着短裤,赤裸着上身,蹲在木板上作业。

河面不宽。也许不是河,只是人工开凿的排水渠。

仿佛期待什么似的,我继续凝视。每隔三五分钟,渔夫收成一束的网,又照旧撒向水面,毫无银鳞跳跃的消息。

五点钟,父亲洗澡完毕,走到窗前。我们面对面,隔圆桌坐在皮椅里。

我从圆桌下抽出一只帆布旅行袋。里面沉甸甸的,收着父亲历年现金储蓄的一半,换成了人民币,一百元一扎。

父亲伏案审查他的亲友一览表。

我接过父亲递给我的一份复印本。这份扩大了的族谱,按照辈分高低、亲疏远近排列。每一个名字后面都填上一笔数字。

我将带来的两百个红包打开,按族谱用铅笔填写名字,数好人民币,放进红包,然后交给父亲。

红包的纸质过于光滑,颜色又鲜,印章盖上去,几乎看不出来。父亲的作业,缓慢而庄重,好像执行着宗教仪式。他把每一个红包里的钞票掏出来,仔细清点,放回去，封好，然后擦去铅笔字，重新用墨笔写，加上辈分称呼，签名，盖章。

我们一直工作到外面没有了天光。夜抹去一切，也抹去了渔夫和他的空网。

"这是什么人？为什么又没辈分，又比别人多那么多？"

我指着族谱最后一个名字问。

"在武汉读书那几年，家里断了接济，她丈夫那时在码头做工，如果不是他……"

窗外，北京市的夜空，灰茫茫一片，像一张蒙尘的人脸。

33

如果要为父亲的青年时代选一张定装照，我一定挑手持网球拍的那一张。他穿着校队制服，站在网前。远处的背景，隐约可见。山林掩映红墙绿瓦，新古典式的簧宇，底座线条方正，四翼孕飞动之势。

照片当然看不见色彩，但色彩自在其中，特别是父亲的眼神，仿佛望着前面五十年的灿烂生涯。

现在，红墙绿瓦就在眼前，现实的感觉却只能以

"灰头土脸"四字形容。

我们刚从台阶上走下来,台阶虽然破旧,骨架气势仍在,回头望,可以想象五十年前,打完一场网球的父亲走到这里的心情。台阶上面就是他的宿舍,四人一间,窗明几净,还装备了当时最贵族化的淋浴设备。然而,现在的父亲,身上留着刚才上厕所带来的臭味,脸上露着震惊。他的旧居,如今叠床架屋挤满了十二个人,窗里窗外随处张挂着万国旗似的杂色衣衫……

"面目全非……"父亲说。

我们选中闻一多的铜像摄影留念。父亲摆出他面对相机的一贯姿势。双臂下垂,在背后轻轻握拳,身体微侧,面向阳光,头略略昂起,这个形象,与他后面的那个烈士造型相映成趣,两个人都很做作。父亲对他母校的老师受到的尊重却很满意,他不知道的是,闻一多的铜像所以树在这里,并不是因为学术上的贡献。

在这座山上,前后盘桓了整整一个上午。父亲的记忆力,在寻访熟悉事物的过程中,表现惊人。整整一个上午,我默默跟随,观察他的心灵作业。整整一个上午,父亲不厌其详地搜查着细枝末节,教室的桌椅、实验室的灯光、女生宿舍墙外的一棵老槐树、图书馆旁的一片刻石……父亲努力重建的,是他五十多年前的生活图像。

回程的车里,父亲睡着了,发出浓而重的鼾声。这里是中国有名的四大火炉之一。八月初,气温高达四十摄氏度,我们的计程车,甚至没有冷气。

34

父亲到达一个他已完全陌生的世界。五十多年前,他熟悉这城里的每个角落,从预科到本科,他在这里度过六年大学生涯。但现在,似曾相识的地方,走近一看,却根本不是。

满城里,他没有一个熟人。街道、建筑甚至人们使用的语言、动作习惯,全都变了。一丝莫须有的恐惧暗暗滋长,他觉得自己成了个"外星人"。

我们去参观城里规模最大的百货大楼。楼高五层,货品并不丰富,但人潮汹涌。父亲对每一种货品都有兴趣,他似乎想从这些货品里面去推测当地人今天的生活。他的问题特多,服务员大多爱理不理,父亲依然纠缠不清。我想我并不是故意抛开他。在每一个货柜前面消磨十五分钟,我不可能做到。何况我们根本没有购物需要。

然后,大约半小时左右,我在另一角落的大堆人群里听见父亲大声呼喊我的乳名。

我没有走过去,也没应声。下意识里,我大概想惩罚他的无聊。我佯装没有听见,我等待。或者我的下意识所要的,还不止惩罚。

他呼喊的声量一次比一次提高,语调越来越急切。一层楼的目光都集中在他身上,但因为父亲的乡音,没有人听得懂他在嚷什么。我继续等待。

警报中迷失的童年回忆,终于重现。我与父亲的角色,终于完全倒置。我仍然等待。直到父亲的喊声里,出现慌乱与恐惧。

那天晚上,在宾馆里,父亲第一次主动向我吐露他的初恋。整个故事听起来像清末民初的绣像小说。我想父亲一定增加了不少想象的情节。

五十多年了,就是每年只回忆一次,也经过了五十多次的改编。

35

飞机越过长江,滑入鄱阳湖区的上空。机翼下方,反射着阳光的水,发出不锈钢的光泽。环抱的群山,从这个角度看去,失去了山的感觉,只给人驯服、柔和的印象，或者是老年期的地形本应如此，也不一定。

飞机下降的时候，身体也跟着下沉，沉入一种莫名的情绪。一路上兴奋着的父亲，现在反而一语不发。四十年的等待，凝结成此刻的沉默，仿佛进入黑洞。

大房、三房、四房，还有姨舅表亲，每一门亲戚的主要成员都在出口处等着。老老小小几十张脸，包括他孙辈的脸，在父亲眼中，都是历史变幻和生离死别。

父亲眼中没有眼泪。

父亲的双手握住瘫痪了的姨爹的双手，两人苍老花白的头靠在一起时，周遭几乎没有声音，几十个头颅包围着的核心里，只有急促的老年人的喘息。

我的眼光落在姨爹鸡爪似的手上。那原是一双喜欢戴宝石戒指善于拉胡琴的手。四十年前，有个黄昏，姨爹给了我一大沓金圆券，叫我上巷口小铺子打一壶酒。我记得十分清楚，用旧报纸包得四四方方且用细麻绳十字交叉扎起来的下酒菜里，有一味姨爹每次必不能少的，就是美名凤爪的卤鸡脚。

那是我最后一次听姨爹拉《夜深沉》。那一晚，父亲带我到姨爹家辞行。

36

经过四十年社会革命的洗礼,父亲家的亲戚与母亲家的亲戚还是截然不同的两类人。

父亲是木匠的儿子,母亲是翰林的后代。两边的人同时坐上宾馆餐厅的大圆桌时,空气里仿佛就有阶级斗争,虽然两边的人都毫不自觉,只不过说话时躲闪着对方的眼睛。

只有我知道,因为只有我身体里同时流着两个阶级的血液。

37

面包车停在巷口,我们下来步行。巷道太窄,而且七弯八拐,司机同志熟悉城里的每一个角落,但是这种小弄堂里面的天地,他却搞不清楚,因为车子进不去。

父亲凭印象摸索。有时候,他的眼光一亮,说这扇大门就是了;进去一问,却又不是;有时候,一堵老墙让他想起什么,但四周的屋宇,又完全陌生。结果还是年轻的司机同志机灵,他抓住一个坐在门口小板凳上洗衣服的老大娘询问。老大娘撩起衣摆擦干了手,转身走进屋里。五分钟以后,楼梯上走下来一位老先生。司机同志很快摸熟了情况,他跟我们说:这位老先生是个书法家。这城里的招牌,一大半是他的手笔,他在这一带住了半个多世纪。"八一起义他都亲眼看见的。"司机同志说。父亲不明白"八一起义",我也不便解释,只好笼统地说,大概是一九二七年的事吧!"一九二七?"父亲屈指算了一算:"噢!民国十六年,对对对,就是那个时候……"

老先生领头,我们跟着走,拐弯抹角,穿门过户,进入另一条弄堂,停在一个临时性质的小菜市场的入口。

"你要找的那个会馆,早拆掉了,抗战胜利后,改建成电影院,'文革'时红卫兵斗走资派,又一把火烧了,现在就剩了这些了……"

父亲仍然摆好姿势,照了一张相。

他要找的,是他的初恋情人中学时代曾经寄宿的地方。

38

车子开进广场,父亲让司机停车,我们向药材店的售货员要了两张板凳,坐在骑楼下休息。

广场的一大半被来往各地的客货车用作调度场。下午的阳光里，扬起薄薄烟尘。

"民国二十五六年间，我在建设厅做事，每次出差经过这里，总要带些当归、枸杞、田三七给你母亲……"

父亲的眼光，跟随穿梭往来的车辆移动，仿佛努力寻找什么散失的东西。他或者竟不自觉，他的行为，其实是他久已遗忘的这股药材味引发的。

药材味极为浓郁，飘荡在周遭的空气里。广场四周，全是药材行。有三条河从远方的山地出发，汇聚在这个市集的附近，带来了方圆数百里的山产药材。我坐在骑楼下，喝一罐带甘草味的饮料，发现中草药的气味，可能具有勾引人追忆生命本源的奇异功能。

"你母亲当年……"

父亲不停地谈到母亲。这趟旅行期间，父亲很少提到母亲，尤其从未提到年轻时代的母亲。在骑楼下休息的这十五分钟，父亲的思绪始终不离开母亲的青春岁月。

我不觉想到，也许七十四岁的父亲身体里，仍然残存着性冲动。

烟尘里的活动，竟然有点像二十世纪七十年代色彩鲜明、主题荒谬的户县农民画。

39

父亲的故乡，天河镇厚溪村，深藏在一个内陆省份的西部丘陵地带，也就是父亲的出生地。据族谱记载，往上溯，祖祖辈辈好几十代在此休养生息，前后绵延不下两千年。从穿越山区的公路走向看来，祖先移居到这个偏远落后又贫瘠的穷山沟，或者不是为了经济上的理由。直觉告诉我，父系所属的这个原始族群，恐怕是个战败逃亡的部落。

避难的部落民，一旦安定下来，外界压力消失，自然又要向外探望，这几乎是动物的本能。从祖父开始，一直到我，至少我知道的三代，一生的道路大都依循这个本能。只不过，向外跑的条件不同。祖父幼年时代便从山沟里往外跑，到了县城立了足，然后矢志培养下一代；父亲跑遍大江南北，跑到台湾，才算站稳，然后也矢志培养下一代；我承继了两代的经验积累，跑得最远。

这一次旅程，两代同时走回头路。父亲从台北出发，先到北美洲我那里，再一同回老家。从来没走过这条回头路的我，如非实地体验，实在难以想象这种几乎是与生俱来的向外跑的冲动，究竟面对什么样的威胁。

我们在省城包了一部小汽车，向南向西，共要开三百多公里。南下的两百公里，铺了沥青，路况也还算好，有点像美国县一级自修的双向对开公路，只不过路肩更窄，路面更薄。一路向南，车辆交通越见稀少，但行车速度反而减慢。农民借平坦的路面作晒谷场，牧童、水牛借行道树树荫遮蔽的路面打盹。省的一级纵贯公路竟然如此悠闲，实在匪夷所思，我因此推论，这条干线，或者并不是为现代化做准备的基本设施，而只是备战思想的产物。父亲的思路，不像我这么苛刻，只一路谈着掌故。

丘陵地基本是南北走向，沥青路的尽头，车头拐弯，自此要跑一百多公里的山路。由东向西，横穿过一道道深沟峻岭。

我们同时望着窗外的风景，同样的田畴、农舍、林野、山水，看在彼此眼中却迥然不同。父亲看见的是半世纪的沧海桑田，我看见的只是贫穷艰辛。公路穿过一道两山夹峙的隘口，我看见山坡上新植的松林普遍不过六七英尺高，因而推想出灾难岁月里的荒谬政策，滥伐滥垦、生态破坏、饥馑……父亲却说，这地方从前土匪出没，民国十七年，上省城升学，他腰带缠着祖父给他的一百个袁大头，连夜结队赶过这个山头……

反光镜里又出现一群干瘦黝黑的养路工。一路上，二三十组养路工，每隔几公里便出现一群。每一组十个人左右，每人一把特制的工具。双手握住一把木制长柄，柄端连着一条三尺长的横木，横木底部，刷子一样装插着一向用来做蓑衣的棕毛。车过后，漫天红尘飞扬中，可以从反光镜里看见他们从路边的草丛中站起来，一字排开，用这把大刷子把路边的红土推向路心。

大概周围缺少碎石子，这一条公路的路基和路面，采用拳头大小的粗粝石块堆砌。石块的来源，一定是就地取材，因为附近暴露的山岩，确实是同一质地色调。可以想象，这两车对开宽度的百里通道所铺设的亿万石块，全是人工开凿山岩外加铁锤铁凿长年累月敲击砸碎的劳动成果。

这样原始的开路养路方法，实在是平生所仅见，然而父亲说："有了这条路，屋里人的生活就好过多了，要出门闯天下，也方便了……"

离家乡越近，父亲的乡音越浓。他不说老家，他说"屋里"。他不说老乡、乡亲，他说"屋里人"。

40

我们村庄的入口处，有一座宋朝留下来的石碑，上面刻着八个大字："文官下轿，武将下马。"这个故事，从小便常听父亲说。"宋朝时候，出过一名状元宰相。这一百多年，连中举的人都没有。"父亲说到这里，不免面露得意，因为他是民国以后村子里出的第一个大学生。大学毕业，在村人的脑子里，就等于中状元，父亲心里知道。也许他一生最风光的一次回乡，便是大学毕业那年。"爆竹从村口放起，一路放到祠堂里。"他说。

我从来无法想象父亲的光荣回忆有什么实质意义。虽然我们两代人都已成了典型的现代都市动物。"背井离乡"这四个字，在我已完全没有感觉，对于父亲，却沉埋在意识深处，仿佛化成他每一粒细胞里的基因。

每次想到那块石碑，想象中便出现缥缈、幽微仿佛历史风烟那一类的幻象。宋朝对于我，无非是苏东坡的风流、汝窑瓷器的神秘色泽，诸如此类。对于父亲，看来绝不止此。那块石碑，或许已融入他童年时代的血肉精神。他的生命，或许竟因此在一千多年的历史里，生了根。这是惯于从马克思或韦伯的文字里去追寻历史的我们这一代无从想象的。

车子停在路边，父亲不顾劝阻，跨出车外，走进三伏天的毒日底下。他已经听不见我讲话，看不见我的人。村庄入口处围满了村民，父亲忙着打躬作揖握手寒暄。我开始注意搜索那块石碑，但没有发现它的踪影。父亲早忘了这回事，他被人群簇拥在中心，拥向通往村里的红土小路。鞭炮四处噼啪爆响，田埂、篱舍、屋檐、墙角，到处弥漫着青白的烟。老一辈的宗亲代表在祠堂门口迎接父亲，他们拉手拥抱洒泪的时刻，我突然领会了那传说的动人处。这块石碑，不仅是所有活在这里的人所需要的历史，更是这穷乡僻壤难民似的活着的后生子弟向外闯天下求生存的一个最坚实可靠的鼓励。我看见人群里上百个光头泥腿的小同宗，前呼后拥、奔跑跳跃，一种莫名兴奋、一种奇异感觉，强烈袭击着我，因为他们的四肢、头型、五官，虽然陌生，却又那么熟悉。他们为什么兴奋我想我也知道。石碑或许早在"文革"前，甚至土改时便已砸毁，现在，父亲就是他们的石碑。

　　爆竹炸开，火药味制造了一个没有战争的战地。我从来没有看见过年近八十的父亲如此昂扬飞腾。他的眼睛噙满泪水，脸上放射着异样光彩，我感觉他全身的细胞此刻全部到达生命巅峰状态，不管离乡背井这几十年里有多少辛酸困顿暗淡的日子，这一刻的荣耀已成永恒。我相信，在他的心深处，他知道自己正在书写历史——乡人们千年不断口耳相续的历史，石碑一样，立在通往广大世界的村道入口处。

41

我一眼便看见大伯母的手指头。大伯母比父亲还长五岁，明年就八十了。她的脸，是榨干了一切汁液的乡下人的脸，她的身体精瘦，起坐还很灵活。她的动作，不外两个范畴：抢和让。劳苦的活儿抢着干，享福的事让给人。她九岁当童养媳到了祖父的木匠店，开始负担一家十几口的家务劳动。七十年下来，她全身凝结成一副骨架，看不出一丝肥油。只有两副手指，一根根，又粗又圆，肥短而结实，手指甲几乎都已退化干净。看起来不像人体的一部分，只像两把工具。

"毛毛出麻疹那时候，你大伯母抱了你差不多半年呢！"父亲说。毛毛是我夭折的哥哥，母亲全天候照顾他，终于还是转了肺炎。

我脑筋里没留下大伯母手指抚摸的印象。她手指抚摸过的一切事物，大概都不会记得她，只留下这尖端特别光滑胖大的奇怪手指在她干硬如黑色钢筋的身体上。

父亲大学毕业后，在省城做事，积了些钱汇回老家，在祖父和大伯名下添了些田产。土改那年，大伯父本来划成地主，因为他在县城开店，乡下的土地给别人耕，符合剥削阶级的称号。为了下一代，大伯想方设法走后门，把地主的帽子转移到大伯母头上。所以革命成功后的这几十年，大伯母始终戴着地主帽子，成了"运动健将"。每一次运动她都得过场，接受斗争改造。运动过后，照旧用她的手指服侍如今已经四十余口的家族。"四人帮"垮台后，大伯母仍然接受街坊管束，直到父亲回乡探亲的通知下达，才获得解放。解放后的大伯母，仍然用她的手指洗衣、扫地、砍柴、烧饭。

父亲带了一枚金戒指给大伯母，但她套不进她的手指。

有一次，当我们一同跪在祖父和大伯父的灵堂前祭奠的时候，我侧眼看见，大伯母的手指，仿佛有了珊瑚的光泽。她从衣领里掏出十字架。捏住十字架的她的手指，看起来完全不同，瘦小而美丽，而且还轻轻地颤动。

42

人群簇拥着族中的长老们，父亲被长老们围在中央，进了祠堂。

虽然进来了那么多人，祠堂里面的空气，仍然潮湿、清凉。也许是因为天井的乱草，廊缘柱下的苔绿，也许不是；也许是因为建筑物内部的空荡，也许是因为光线晦暗,也许不是。究竟是什么,我说不出来。这所祠堂,人一走进,便触到一股阴霉刺鼻的味道,像古墓挖开,发现文物早已盗光,只余尸骨与寒冷,此外什么也没有。

这异味的寒冷,感染了所有在场的人。笑语喧哗,一时俱默,只余身体相摩,步履触地的窸窣。

没有装饰,没有摆设。案坛、器物、匾额、牌位、香烟、火烛、钟鼓、礼乐,一概俱无。凡联系着崇拜祭祀的一切,都没有了踪影。祠堂只是一个破旧古老的空壳。

很难理解,为什么这样一座象征旧社会精神价值的建筑物,居然历经四十年的翻天覆地,既未遭捣毁,也没有改作其他现实的功利用途。留下了它,不用,也不消灭;留着它,像绵延世代村庄生活的一个休止符,在两段不同的音乐之间。这样空壳似的存在,隐隐埋伏着一种无言的意志。

可以想象,四十年来,厚溪村面对生老病死、风雨阴晴的时刻,这一座掏空了内涵的空骨架,或者仍在暗中施舍着力量。

长老请父亲说几句话。

"四十多年前,我在这里办过义学……"父亲站在一道石砌台阶上,我站在他后面。从他的肩膀上面望过去,没有人工照明设备的空殿里,厚溪村的全部后生挤满每一个角落。我的眼睛扫过几百张脸,每一张脸都像镜中出现的自己,除了发型与肤色,那五官的神似,令我吃惊。

43

我看见不属于后生的米朵也挤在人堆里。米朵曾在父亲的义学中就读。我记得父亲不止一次提起他,一直认为他天资极高,是他最得意的门生。

小时候,父亲教写字,写完一张,父亲拎起来,竖着看,看完就常说:"比比人家米朵,一笔是一笔,你看你,狗爬沙……"

我考大学那年,忽然迷上了篮球,每天下午斗牛,斗得筋疲力尽。晚饭后,一坐上书桌,便打瞌睡。一旁监读的父亲总是说:"要是米朵在这里……"

我记忆中没有留下他的形象,虽然跟他同过一年学。但我记住了这个名字"米朵",因为这名字很土,同时又很秀气。每一次,父亲用他的故事教训我,脑中便出现一个温文尔雅的书生,好像《聊斋志异》里的人物。

他现在站在前排,距我五六尺远,年纪应该不到五十，但看来有六十光景。头发稀疏些，倒还齐全，只是两肩像驼背的人一样向胸前收缩。他的皮肤，同村子里的其他后生比，也黑不到哪里去，只因雨淋日晒，年月久些，便少了光泽，多了皱褶。因此更接近树皮的粗糙。

我暗中留意，我们在厚溪村到处走动盘桓那几天，米朵从未主动上前找父亲说话，但他也从不消失，总是在距我们五六尺的地方，一路跟着，嘴唇闭着，脸上没什么表情，眼光也不闪动，死死盯着父亲。偶尔有机会，他便抢一把椅子，送一条毛巾，端一杯水，又立即退回五六尺远的地方，用窄小而毫无神采的眼睛盯着父亲。

辞别厚溪村的那天下午，我们在我堂兄龙头家里坐，场面跟几天来所到之处相同，里外挤满了人，父亲神采飞扬，我照相，米朵还是在五六尺的距离外，毕恭毕敬站着。

父亲忽然招手，叫米朵在身边坐下，问他家的情况，问他的工作和生活，最后问到父亲最关心的问题：小孩读书了没有，有没有上大学。

米朵的答复，全部含混不清，好像嘴里含着什么，字吐不出来，加上乡音阻隔，我居然一句也没听懂，只看见父亲不停摇头。

这时，陪同的干部宣布，时间差不多了，应该上车了，因为要赶县长的晚宴。米朵突然抓住父亲的衣袖，请父亲坐下来听他再说两句。这两句话，很奇怪，米朵口齿清晰，土腔也不那么浓重，我全听懂了。

"请领导同志帮忙，解决困难，请领导同志帮忙，解决困难……"

翻来覆去，就这两句话，米朵重说了五六遍，同时将一张纸，塞在父亲手里。

父亲将那张纸交给我，陪同干部拉着父亲，挡开众人，走向屋外的官派小轿车。

我来不及看米朵的陈情表，只得把它收在我旅行包中的一大沓类似报告中。

44

大伯过世以后，我的堂兄龙头成了这个家族名副其实的掌门人。

看到他第一眼，我就相信他完全顶得住。龙年正月里出生，身高一米八五，传说十二岁就可以挑两百斤走几十里地。满脸络腮胡的龙头，现在是七个孩子的父亲。

"五官、身量，最像你爷爷，"父亲说，"就是这把胡子，毛毛扎扎……"

父亲希望龙头跟祖父一样，打出天下以后，就开始做绅士。但龙头投生在一个迥然不同的时代，他小学没读完便得下田，在农村蹲了差不多四十年，娶了一个身高不满五英尺但劳动习惯跟大伯母一模一样的女人。二十世纪八十年代初，新政策落实，到了穷山沟，龙头开始了他现在的个体户买卖。这七八年，他每天踩着脚踏车，后座上载着几十种日用百货，在周遭的各处村庄里兜售。去年秋天，他自己烧窑，老婆儿女齐动手，起了一幢砖屋。

父亲演讲那天，龙头做东，在祠堂里开了十几桌酒席。前一晚，他一家人忙了个通宵，龙头亲手操刀，杀了两头猪。

离开老家的那天，龙头到宾馆来辞行。父亲解开行囊，让我把东京机场免税商店里买的电动刮胡刀送给龙头。

我望着龙头的络腮胡，突然想到把三船敏郎变成宝田明的可笑。但是，父亲的时代错觉，或者也无伤大雅，因为我知道，龙头绝对舍不得用这把高科技美容器，他至少可以用它换五匹的确良，甚至十匹……

45

县长副县长、县委书记副书记、县人大主任副主任、县侨联主席副主席、父亲和我……一共十二个人，环坐在圆桌四周。

桌面中央，有一个美国人叫作 Lazy Suzanne（懒苏珊）的活动圆盘，上面摆着十二道大菜：清汤甲鱼、红焖香肉、姜炒血鸭、辣爆田鸡、油煎泥鳅……

每个人面前摆着两副象骨筷，一副公筷夹菜，一副自用。还有一套景德镇的道地青白米通瓷器。

我循规蹈矩，用公筷夹菜，用另一副将剁碎的血鸭块送往嘴里，然后手掩住嘴，把骨渣吐在面前的小碟里。

我看父亲也一样循规蹈矩。

酒过三巡，该说的都已说过，该听的都已听完，气氛开始热络起来。少壮派的县长，下颚刮得白里透青，跟父亲猜完拳，回头对我说：

"到了家里就不必拘礼，这些骨头渣子，随地吐，不要客气……"

说着，他领头往地上吐，大家哄笑起来，都跟着往地上吐。转眼间，地上便积累着狗、鳖、鸡、鸭、鱼、猪、牛、青蛙、黄鳝和泥鳅的破碎熟烂的骨头和皮肉。

服务员开开门,一花一黑两条胖狗飞快窜入,在我们脚边迅速扫荡咀嚼吞食。

"这才像到了'屋里'。"父亲说。

屋子里的气氛,仿佛超越了政治。

县委书记,动作没县长那么利落,说话也比较拐弯抹角,眼光里却透露着精明干练的神气。忽然向我请教:

"我们的香肉烹调,天下第一。办个罐头厂外销美国,你看前途如何?"

我当然立刻想到美国的宠物狗文化,以及狗诊所、狗学校、狗美容院、狗玩具店、狗旅馆和狗坟场……

我没有立即答复。考虑着怎么说才不至伤了对方的自尊心。

"一定要发展生产,发展工商业,不要怕借钱,台湾这二十年……"

我发觉,父亲的政治态度,正在逐渐改变。在台北,他悄悄跟我说:"人家那边,干得有声有色!"现在,有机会便推广他的台湾经验。

书记似乎从父亲的话里得到了鼓励。他的眼光继续征求我的意见。

花狗与黑狗的绒毛,不时搔着我的脚背,引起一阵阵轻微麻痒。

"我们这里闭塞，最缺乏信息。现在拨乱反正了，老先生的话说得完全符合党的政策、方针、路线，正是目前我们走的路，就是缺乏信息，特别是国外的信息……"

书记面面俱到，说"老先生"的时候，眼睛看父亲，说"国外"的时候看我。他的一段话，新名词旧观念，结合得天衣无缝。我发现他特别喜欢新名词：信息、宏观经济、管理科学、劳力密集……几乎有点自我炫耀的嫌疑。于是我明白了，书记在饭局上做的工作，其实未必是为了发展地方经济，或者他想到的只是我们过两天便要回省城，那里的高级干部说不定要问一问我们对地方干部的印象……

那么，"狗肉罐头工厂"，不过是个即兴的话题罢了。所以，我在良心与礼貌之间，衡量了一下轻重，回敬了一句他们的口头禅：

"回美国后，我调查研究一下。"

我说。

46

"这座塔，"父亲得意地介绍，"三国时代造的。这么多年不倒，人都说它有灵，小时候……"

塔的造型并不别致，只是棱角钝、线条粗、颜色朴素。我不知道"三国时代"是否可靠，但整体的单纯，确实给人更原始更有力的感觉。跟印象中的杭州六和塔、西安大雁塔相比，这座塔的规模小得多，但有股特殊况味，很难说清。

父亲要摄影留念。

围观的人群中间，小孩子最多。跑进跑出，挤来挤去，镜头怎么都躲不掉。

父亲忽然招手，不到一分钟，三四十个十岁左右的小孩，全挤进了镜头。

镁光灯闪亮的刹那，塔的精灵也同时现形。

这座塔，是属于孩子们的。

一千五百年来，所有的孩子们都在这里进进出出，吵嘴、打架、游戏、做梦……

47

夜里两三点钟，父亲习惯起来一次。年纪大了，前列腺松弛，他自己也控制不了。他入睡往往不深，尽管旅途劳累，也改变不了。还好他不太失眠，躺下不到两分钟便开始打鼾，鼾声的沉浊，超过我儿时的记忆，总觉得他喉咙里面塞着一口浓痰。我常常担心他一口气喘不过来而睡不着，有时只好抢在他上床以前就寝，但到两三点钟，又可能被他闹醒。

离开大陆的前一天晚上，在省城的宾馆里，我又被他闹醒一次。这一次，不是因为他开灯上厕所，是他特意把我叫醒的。

"打个电话去问问，小敏考取哪个学校？"

父亲推我的肩膀，重复着这句话。我坐起来，不知身在何处，手摸到蚊帐，才清醒过来。

小敏是妹妹的大女儿，今年初中毕业，这两天正是高中入学试发榜的日子。

这座宾馆，是二十世纪五十年代一面倒政策的象征，高大而阴森，天花板有一般现代旅馆的两倍高，建材结实笨拙，颜色暗淡生硬，采光照明不足，充分反映寒带人的性格。

我望着父亲疲倦而又焦急的脸，安慰他说："过两天就到台北了。小敏成绩好，没问题的。"

老年人的记忆力也真奇怪，放榜的日子他记住了，却忘记自己在哪里。

大概是台北这两个字唤醒了他。他轻松地笑了起来。

我知道父亲想家了。回老家这一趟，快两个月了，他现在终于开始想家，台北的家。

48

行李放好，一切就绪。我问父亲困不困，要不要早点休息。这一天，早晨十点从宾馆出发，坐面包车到机场；十二点，搭民航班机飞广州；四点半钟，乘计程车从白云机场到火车站；六点，上广九路火车；九点半，出发十二小时之后，终于搬进尖沙咀新世界酒店二十一楼。父亲看了看腕表，又看了看窗外说："走，我们出去走走！"

窗外景观一半给墙挡去，另一半是香港中环璀璨无比的灯光夜景。

十分钟以后，我们靠在海滨的栏杆上，看海、看船、看灯、看人。

"两个世界！"父亲说。

我们一直靠着栏杆。有时向前看，有时向后看，有时向左看，有时向右看。不知过了多久，谁也不想说话，只是看人、看灯、看船、看海。

夜风起了，我怕父亲劳累过度，劝他回去休息。"唉！"父亲叹了口气，"退休那笔钱，留着给老家办间学校就好了。"

49

父亲的墓地选在半山腰上，背面有屏障，足以避免风雨侵袭，前景开阔，可以看到山下广大活跃的人间。

墓地是弟弟选的，他虽然是学科学的，却找了风水师帮忙踏勘。

妹妹冠了夫姓，但她也觉得父亲不能离我们太远。

父亲的同乡，龙叔叔他们那一群，力主保留骨殖，准备将来送回老家安葬。这些议论，终于传到母亲那里。母亲跟我们说："别理他们那一套，自己决定，自己心安就好。不管怎么样，你们至少得找个双穴，给我留块地方。"

带母亲回美国之前，我去父亲那里辞行，全家一同上山。

是个凛冽的冬日，幸好无风无雨，能见度很高，香火点着后，青烟几乎成直线上升。

离下葬已经一个月了，墓地的工事也都修缮完毕，但杂草也开始孳生。母亲和妹妹埋头除草，打扫碑石。我跟弟弟分别将带来的细木条打进土里，作为新植龙柏的支柱。台湾四季如春，生长季节长，这两行龙柏，再过两三年，或可摆脱单薄的形象。我估计下次回去扫墓的时候，父亲永恒的安眠处，该呈现出应有的庄严肃穆了。

我们收拾好工具，一家人排成一列，向父亲行礼。转身下山以前，弟弟站在墓前，向山下瞭望，忽然一个人朝下坡的方向跑去，一面嘴里喊着："不行，不行，爸爸的视线给挡住了……"

正前方，大约二三十步开外，芦苇丛丛，冒起在地平线上，虽在初冬，似雪的芦花仍甚饱满。弟弟连工具也没带上，身体几乎埋进长草里，野兽一样，两脚使劲践踏，两手拼命扫荡着那一片障碍。

一直相当冷静的母亲和妹妹，这时像抽去了支架的衣服，软瘫在地上。

50

父亲的墓碑，我们最后决定，就依弟弟的意思，这么刻：

神州天河镇厚溪村

迁台第一代开山祖

袁公　轩之墓

——原载一九八九年七月《联合文学》

细雨霏霏

01

母亲过世快十年了,我终于觉得,心里那块疙瘩,开始有融解的迹象。

清明那天,下着小雨,气温其实不算低,我却不知道怎么搞的,老打哆嗦。我们在坟前行三鞠躬礼,弟弟和妹妹张罗香花纸烛,下一代的孩子们,尽打乱仗。妹妹是比较迷信的,她喃喃自语:

"姆妈,这是你最喜欢的释迦果,我们记得带来了,已经给你剥开了,你尝尝吧,尝尝吧……"

听着她的无聊的自白,我有点不耐烦,可是又觉得不好说什么,遂转身望着山下出神。从观音山这一带看过去,山势相当倾斜,一路往下滑,直到远处的平原,我的视线焦点,被即使在雨中仍掩不住闪闪发光的一摊水吸引住,才想起来,当初弟弟选中这块坟地,是找风水师勘察过的。据说水生财,母亲躺在这里,就永远为我们子孙赐福了。

我们兄妹三人,这些年来,虽然过得还算平安,财富却未增加,我对如今去了那边的母亲,本来也没抱任何希望,所以,风水和财运什么的,实在与我无关,倒是这个远眺的角度,好像选得不错,每次上坟,胸臆之间，仿佛便可以借这远眺的机会，清洗一下。

妹妹忙着烧化纸钱，弟弟指挥同来的几个晚辈孩子打扫坟地，除草修树，我望着细雨霏霏的大台北盆地，脑子里面，不时出现几十年生活断断续续的零星图像，忽然被妹妹的惊呼唤醒。

"姆妈来过了！"她说，"你们看，释迦果一半不见了……"

我怀疑是那几个调皮捣蛋的子侄干的，但也不很确定，因为，我感觉我的胸腔里，心脏猛烈跳动。

是母亲有什么话要说吗？

02

记忆中，母亲的眼睛最美。那是童年留下的印象，她应该还是三十出头的少妇时代吧。旗袍外面罩着细呢大衣，当时流行的陈娟娟发型，是头上插满了电线的原子烫制造出来的蓬蓬松松因而略带慵懒的效果。

她的眼睛不算大，整体感觉比较修长，配在弯弯的眉毛底下，仿佛随时都是半睡半醒的状态。最难忘的，还是半醒的时刻，她好像望着我看不见的什么地方，眼光似乎有一种神，没有说话，我却分明记得：我不是你的妈咪,我是个女人!

03

母亲其实是个半解放的女人。我从小就注意到,她对自己的身体,保护得极为严密,绝不让我们看见。她的衣着、发型和化妆,年轻时,家里经济比较宽裕,偶尔还有追求流行的倾向,到台湾后,也许失去了安全感,也许由于其他原因,她越来越保守,父亲曾经给她买过一些旗袍料子,花色稍微新鲜一点,她就抱怨:这种东西,教我怎么穿得出去?结果要不是送人,就裁成几块,给小妹做跳舞衣。

有一次,母亲洗澡,忘了穿拖鞋,被我看到了她的脚。

那双脚,样子相当奇怪,苍白不说,似乎还有点畸形。脚指头好像全叠在一起,形成三角,带点弯曲。两脚的尺寸,也比常人小,脚背拱起的弧度,远超过常人,看起来很不舒服。

后来,听母亲说故事,印象才会合起来。母亲说,五六岁的时候,外祖母给她裹脚,每天用布缠,走路痛得要命,趁大人不注意,才能松开透透气,给发现的话，就要挨骂：将来怎么嫁人？幸好外祖父不久从日本留学回来，坚决不允，才救回来。

"你外公外婆，从来不吵嘴的，"母亲说，"只有那一次，外公拍桌子骂人了，'嫁不出去，我养她一辈子'，他说。"

04

照片簿里，最老的一张，是外祖父母留下的唯一身影。

年代太久远，有点漫漶不清，照片本身又小，脸部的五官都看不真切。不过，从脸型判断，依稀找得到自己的影子。

外祖父穿着那个时代的大礼服，长袍对襟马褂，洋呢帽，中西合璧呢！外祖母则是纯中国，团花绛丝衬毛皮褂，外罩牡丹图案霞帔，头上戴着只有京戏里面才看得到的那种老太太专用的软帽，正中间还有一块玉片。

场景是母亲老家的堂屋，两人坐着的紫檀木太师椅依稀可辨。

照片的背景，看得见半副楹联，勉强保留几个字，半猜半认，拼凑起来，大概是这么一行：

百忍堂中有太和。

05

母亲不是个快乐的女人,这我早就知道。

我们兄妹三人,虽然毫不怀疑,任何危难出现,母亲必然是第一个用身体保护我们的人。但她的一辈子,都是因为我们而终于无所作为,这个信息,在我们成长的过程中,一次又一次,清楚传递,几乎也是无法怀疑的,尤其是她跟父亲吵嘴的时候。她常说:要不是我父母早死,绝不会嫁给你这个不通人情世故的山里人。父亲出身贫贱,三代务农,要不是自己争气,靠公费读完大学,不可能娶到母亲。母亲出身官宦世家,在湖边长大,"山里人"就是"俚俗低贱"的代号。

小学六年级那年,我们家有过一次小小的风波。

父亲接到大陆一位朋友的紧急来信,要求担保,好申请入境。父亲的朋友,全家历经苦难,已经逃到香港,这个忙,无论如何不能不帮。然而,母亲坚决反对。

不但反对,而且闹得很凶,父亲把饭桌掀了,大发雷霆,母亲没什么对抗的动作,她只是低着头,仿佛自言自语,没完没了。两个人,一冷一热,但是,家里的空气，好像随时就要爆炸。妹妹那时还小，吓哭了，我抱着她和弟弟，三个小鬼躲进堆满棉被的橱柜避难。我完全不明白，平时耳提面命，严格要求我们循规蹈矩，自己也一向保持大家风范的母亲，那天为什么如此失态。不过，絮絮叨叨的母亲，有句话，让我第一次感觉家的破裂。

"还不是为了那个女人……"她说。

晚上，我睁开眼睛躺着，望着上方无边无涯的黑暗，发现他们那张幸福的结婚照，给撕成了碎片，雪花一样撒下来。

后来，我发现，他们的争吵，似乎遵循某个规律：父亲总是雷大雨小，母亲底气长，不到父亲道歉赔罪投降，绝不结束。

父亲朋友一家，后来在我们家借住一间房，共同生活了几个月。印象中的那个胖嘟嘟的阿姨，平凡得很，连碗面都做不好。

不过，从那以后，父亲除了母亲以外，还跟别的女人有过某种暧昧关系的阴影，再也洗不掉了。

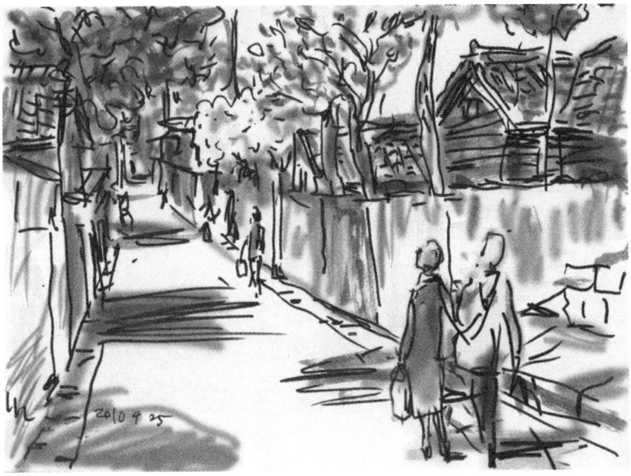
2010 4 25

06

关于母亲的最早记忆，既非形象，也非声音，而是温度。详细的时间与地点都已无从考证，大概是抗战时期大西南的某个城市的郊野。至于是不是正式的防空洞，也很难说，父亲确实提过，他做资源委员会钨锑联运处广西某站站长的时候，日本鬼子为了阻止中国人将稀有金属运往越南交换法国军火，每天派飞机轰炸。晚上运军火，白天躲警报，就是那段日子的典型生活。所以我猜想，我的记忆应该就是那个环境里存留下来的，因为，母亲说过，跑警报免不了迷信，每天都设法挑不同的地方，离前几天的弹着点越远越好，有时赶不及了，就地躲在山边或防空壕里的时候，也是有的。

我感觉温暖、黑暗、潮湿、柔软、郁闷。同时，我感觉母亲的身体，微微颤抖。

我的肠胃一向不太健康，母亲说：鬼子的飞机在低空盘旋，怕你哭，就把奶头塞在嘴里，结果得了大肠炎，眼白都翻出来了，吓死人，幸亏遇到个老中医，三服药救了回来……

我常常以为，那就是我的生命起源。不是老中医，是黑暗潮湿的防空洞里，母亲的体温给我留下的记忆。

07

照相簿里的老照片，我最喜欢那张我完全没有任何记忆的合照。

我站在两人中间的椅子上面，一条腿直立，另一条腿歪着，父亲的一只手，抓着我的右臂，另一只，扶着左胸。我穿上下身连一块的毛线童装，因为是黑白照，看不出颜色。但几乎可以感觉，裤子部分应该是深红，上身则是浅红。我的头发，跟现在一样，靠左眼上方分开，穿一双圆头黑皮鞋，脚踝处有条绊带。

父亲着空军礼服，右肩斜挂皮带，底下是手枪的皮匣。

母亲说：你爸爸是少校工程师，驻扎在昆明，我们进出都有吉普车，还挺神气的。那时候，王老虎才当上尉呢！

八二三炮战的时候，我才明白，原来王老虎就是我们的空军总司令。

母亲还说，你爸爸是个老实人，既无背景，又没喝过洋水，不懂钻营，脾气偏，动不动得罪人，怎么爬得上去。

父亲抗战后离开空军，在老家就业，好像也不怎么得意。

照片里的母亲，有点风华绝代的样子。她穿一袭青花白地旗袍，脚着半高跟鞋，发型倒是很朴素，比后来的赫本头长一点，发尾带着天生的弯曲，遮着半耳，露出两粒白亮的珍珠。

小时候，我便常听长辈们说，你爸妈是郎才女貌，劳勃·泰勒配英格丽·褒曼。

这两个电影明星，要等我上高中，开始看好莱坞电影，才知道他们的真面貌。小时候，我只以为，做父亲和母亲的，就应该是这个样子。

照片簿里还有很多照片，但在我的回忆里，连他们的结婚照，都嫌不够，只有这一张，代表幸福。

然而，我从小就知道，父亲和母亲，是南辕北辙的两个人。

08

妹妹出生的那天，感觉上也像在躲警报。一大早，父亲将我和弟弟，赶到隔壁林叔叔家去玩，并且严厉交代，没有大人吩咐，不准回家。

我们家和林叔叔家分住在日式连栋屋的两头，一家一半，后面的地板长廊是相通的。大半天，只听见长廊上面人来人往叮咚响个不停，我跟弟弟只能趴在榻榻米上张望，却什么都看不见。

林阿姨端着热水盆奔过去，嘴里嚷嚷着：快了，快了。

我听见母亲的呻吟，是那种拼命忍耐仍不免挣扎着勉强呼吸的声音。耳朵里出现的仿佛是她最心痛的教训我的那句话：为了生你这个没良心的，牙齿咬得铁钉断！

所以，后来听母亲教训妹妹，我知道她在说什么，虽然她用不同的语言：

你这个讨债的，前世欠了你什么？

林叔叔家是我们在台湾的第一家邻居，虽然开始有点语言不通，但相处极好。妈妈包饺子总让我端一大盘送过去，林阿姨也常送我们肉粽。

林阿姨是个白皙文静的女人，面庞秀丽，像我后来迷上的若尾文子，常常在家里弹钢琴，尤其是毛毛雨不断的春天下午，我可以坐在木板长廊上，望着后院树上的轻雾，听她弹琴，直到黄昏。

林叔叔却是个矮胖子，没说话都好像在笑，牙齿老露在外面，经常喝得醉醺醺的，妈妈说，他做生意，不能不上酒家应酬。

爸爸就说：真是鲜花插牛粪。

09

妹妹当然不是个讨债的，相反，她不久就成为全家欢乐的中心，父亲的掌上明珠，我跟弟弟的玩具。

母亲生她的时候，虽然还不能算高龄产妇，但那个年月，物资缺乏，人人营养不足，母亲奶水差，为了养活这么个女儿，把老家带来的翡翠手镯、金戒指都变卖了，给她换奶粉。

不但不是讨债的，妹妹还是个福星。她五岁那年，父亲调了个新差事，薪水加倍之外，还常常有额外的出差费。

我们家也渐渐有了变化，首先是可以收听崔小萍广播剧的五灯收音机，接着来了一套蓝胶皮的沙发，然后，据说有些美军回国，我们家居然添置了二手货的冰箱。

妹妹过五岁生日的那天，父亲用那种从上往下看的方盒子照相机，拍全家福。

"大家坐端正，眼睛看镜头，微笑……好，就这样，别动！"

父亲按下时间推迟的快门机栝，连抢两步，坐进沙发上的预留位置，只听见照相机好像唱歌似的克粒粒转动，快门啪一下打开，又神秘关拢。

"好了，"爸爸说，"有了这个真方便，不必上照相馆折腾，又省钱，只可惜全家福少了一个……"

这时，母亲的脸，突然显得灰白，眼睛向窗外望去，半天没有动静，也不再说话。

妹妹什么都不知道，弟弟也有点懵懵懂懂，只有我明白，母亲想起了留在大陆的大妹。

前些天，澳门转来大陆亲戚的信，附寄照片一张。我们家的老三，跟舅舅和舅妈合照，也是一张全家福。

10

我们家一共四间房，前面一间最宽敞，八席榻榻米之外，正对前院的窗户底下，还有一溜窗台，我放倒身子都睡不满，那是我早上看鸟晚上听虫的宝座，只可惜不能常用，有时给父亲的同乡借住，有时出租给陌生人贴补家用，房间空出来的时候，母亲的胜家牌缝纫机就从饭厅搬进来。她不知从什么地方弄来那么多草绿色的军用布，一天到晚缝个不停，我跟弟弟脚踩碎布，在光溜溜的榻榻米上滑冰。

后面那间也是八席,爸妈带妹妹睡在大蚊帐里,我跟弟弟一人一个橱柜。

隔开前后间的纸拉门上方,有一长条镂空木方格,雕嵌着飞翔的鹭鸶。我只要从橱柜探身出来,手扒着方格的上缘,就可以从鹭鸶的翅膀底下,看见前面房间里的所有活动。

有天晚上,睡不着,听见前面房间好像地震似的,还有很奇怪的声音,我偷偷爬起来,眼睛还没挨上鹭鸶的翅膀,就给妈妈抓住脚,一把拖了下来。

第二天,晚饭后,母亲把我叫进洗澡房,关上门。

"昨天晚上,你想干什么?长大要做小偷吗?"

洗澡房里有个烧热水的大木桶,母亲罚我跪在木桶前面的水泥地上。

"今天不准出去玩,你给我闭门思过……"

然而,我究竟犯了什么错?母亲也不讲明。

那以后,又有很多次,我给莫名其妙地罚跪,打手心,同样不给理由,只叫我"好好反省"。最冤枉的是弟弟落水差点淹死的那一次。我们家附近有条小河,经常在那儿捞鱼,弟弟滑下去的时候,我在河对岸,听见扑通一声,我立刻跑到板桥那儿躺下,等他流过来,两手死力抓住他的头发，拉他上岸。

没夸我聪明机警救弟弟一命，还罚我跪，叫我反省，这口气怎么吞？

我们家的事，老是这样的。

母亲常说：养子方知父母恩。

很多年过去了，我还是没法明白她的逻辑。或者，她只是自说自话，叹息自己的身世？

11

工程师的父亲，从来不教算术，他只讲解唐诗宋词和《古文观止》，要我们背诵。那些植树问题、鸡兔同笼一类的难题，都是母亲帮忙解。她虽然上过两年大学，但那个时代，偏远省份的大学教育，实际只有初中程度，母亲教我们，全凭自己动脑筋。不过，只要她动脑筋，什么问题都难不倒她。我记得特别清楚，高中物理课讲伽利略的"自由落体"概念，落体不论大小，坠落速度相同，我就是想不通。母亲把课本看了一遍，换成她自己的语言，一讲，还是似懂非懂，可是，却好像想通了。伽利略自己来讲，也就是这个样子。这是我当时的想法。

一直到今天,我还是弄不懂伽利略的"自由落体"究竟要说明什么,然而,我始终相信,母亲如果生为男子,她的成就,绝不会低于伽利略。

母亲还管书法,老说我的字像"死蛇挂树,没头没尾"。

空闲的时候,母亲就写《灵飞经》,她偶尔也画几笔兰草。

每天上学前,母亲一定把麻纱手绢叠好,塞进我口袋里。手绢上面,是她亲手绣的玫瑰花。在学校里,我从不敢掏出来,实在太娘娘腔,所以,手绢永远干干净净的。洗澡的时候,只好在地上擦点泥,再扔进脏衣服堆里。

12

我从来没见过外祖父母,他们早在我出生以前就去世了。死的时候,据说还不到四十岁,所以连父亲也没这个缘分。然而,在我们家,外祖父母却像神话一样,活在我们看不见听不到的某一种空间。

那是童年时代最温馨的片刻。母亲左手持线团,右手握线,不慌不忙,慢慢绕着,我坐在她脚底下,伸长手臂，套在毛线圈里。她的眼睛，又出现那种仿佛失去焦距不能对光的神情，开始讲故事。

他们的感情真好，她说，从来没分开过，连死都选在同一天。你外公早上走，外婆晚上断气，两个人合葬在一副特大号的棺木里面，手牵着手。

外公好客，家里永远川流不息，外婆从不抱怨，说话细声细气的，把每个客人都照顾得好好的。那些亲戚朋友也不见得个个正派，家里的古董字画，偷的偷，骗的骗，不久就散光了。

外祖父母留下了三个儿女，还有不少田产、房屋。母亲老大，当时才十五六岁，哪里懂得经营管理，弟妹又小，母亲说，她答应父母一件事：弟妹结婚以前，不谈婚事。所以，嫁给你爸爸的时候，都快成老小姐了。

"不过，我从不后悔，你知道为什么？答应的事做到了，我对得起他们！"

在母亲眼中，外公是那种深通人情世故的风流潇洒男子。

在母亲眼中，我的父亲，是不及格的。

每次回忆童年，便觉得，我们家的屋顶，仿佛朝某个方向倾斜。那高耸的一方，永远向着天外的外公外婆飞去，低坠的一边，父亲好像老在那儿吃力顶着。

当然，童年回忆的灰色部分实在也不那么严重，总有些片段，闪闪发光。

13

学游泳就是那种发光的片段。

弟弟自从落水遇难，见水就怕，母亲想出一个办法，让我们在脸盆里练习憋气。她说，小时候在湖边看那些打鱼人家的孩子，就在湖边浅水处这么练习。脸盆注满水，鼻子浸水里，嘴巴开始念她传授的口诀：景德镇，浮梁馆，一口气数三十六个莲花碗，一个莲花碗，两个莲花碗，三个莲花碗……要一口气数完三十六个莲花碗。第一次试，我拼到二十九，弟弟数到二十一，脸红气喘放弃，妈妈给他打气。

"练好憋气，下次掉水里就不怕了……"

那年暑假，我们跟隔壁巷子的阿单学游泳。阿单是广东人，姊姊是游泳选手，他也会两招。出太阳的大热天，阿单来叫，每次跟他走的有七八个，两三次以后，弟弟胆子壮了，也跟着去。

水源地的河面，最宽的地方，比百米跑道还长，阿单纵身跳水，哗啦哗啦就游过对岸，看得我们目瞪口呆。河滩旁边，挖石工人留下些水坑，运气好的时候，还抓得到小银鱼。兄弟俩就在那儿，筑堤堵鱼。

想不到，我们家祖传的憋气法，成为学游泳的捷径。

阿单示范蛙泳，两臂这么划，两腿那样蹬，头始终埋水面下，一口气就从这一头游到另一头。

水坑有长有短，有深有浅。选定深刚过膝盖，宽不过五步的一个，兄弟俩先练憋气，胆子练大了，就模仿阿单，练一气式。

一气式练到十几步的距离，阿单教我们换气。

有天晚上，吃完饭，弟弟端出一满盆水，让妈妈听。他一口气数了四十二个莲花碗。

暑假结束前，兄弟两人，已经是浪里白条，跟阿单和附近几条巷子的好汉们一道，排开阵式，来回横渡淡水河了。

14

除了游泳，还有抓鱼，我们也跟阿单走。阿单的爸爸是水产专家，屋里有玻璃水族箱，院子里面有个腰子形状的莲花池，池上有桥，池子周围种满花，那是我们的"聚义厅"。

好汉当中,隔壁林家的正雄,最是一副好身手,他胆子也最大,碰到需要翻墙爬树的任务,总是他一马当先。

有天晚上,大伙在"聚义厅"碰头,阿单挑战。

"谁有种?把大姊的奶罩偷出来,我就送一条泰国斗鱼!"

那种斗鱼,全身紫红斑斓,比我们抓到的土三斑,漂亮百倍。

我跟弟弟商量半天,又在自己家院子实验,让他站我肩膀上,再设法翻墙,结果呢,弟弟倒是爬上去了,就是不敢往下跳。

没过两天,正雄掏出奶罩领奖。

阿单颁奖之前,要求正雄详细报告探险经过。

"谁知道呢?不讲清楚,怎么知道不是拿你妈妈的来充数?"

正雄气得脸红脖子粗。

"我老母不会用这个的。"他说,"你们闻闻,这是什么香味,不是明星花露水,是外国货……"

为了证明货真价实,阿单要求正雄当众表演。

大队人马闯到大姊家后院墙外,墙里面有棵芭乐树,树枝伸过墙头。

正雄把绑好长钉的粗绳甩上去，钩住芭乐树枝，抽紧，人便像猴子一样，两手抓住绳子，两腿蹬墙，三五下就上了树。这时，大姊家的狗，汪汪叫了。只见他，不慌不忙，口袋里掏出两个饭团扔下去，便没声音了。

"行了，行了，"阿单说，"真有一手，下来吧！"

正雄没理，沿树身往下爬，三分钟之后，又从墙上跳落地面，手里捏着一条粉红色的三角裤。

好汉里面，抓鱼的功夫，也数正雄第一。但他只会抓，不会养。起初，抓回来的鱼，好的自己留，差的分给别人，过没几天，他的鱼全部翻肚子朝天。后来学乖了，最好的就交给阿单，放进"聚义厅"水池里寄养。有时也跟阿单交换，所以，那个暑假，正雄房间里有八个玻璃罐，分别养着八条泰国斗鱼。

15

有差不多两年时间，抓鱼成了我们聚义好汉的主要事业，这当然是阿单领头的关系。阿单老爸有五个水族箱，最大的那缸，比他们家浴室里面的西洋澡盆还大，里面养着一条红龙，据说是他爸爸从印度尼西亚带回来的。那条龙，全身鳞甲闪闪发亮，透着银红光彩。阿单说，他爸爸正在设法配对，下次出差带两条母龙回来，如果交配成功，将来有福同享，你们每个人分一对。

为了配种，得养肥肥的，那就要每天找些活鱼做饲料。这就像从玉皇大帝那得了圣旨，一大早，争先恐后，大伙自动往聚义厅集合，听候阿单指挥。

我们这一带，抓鱼的宝地有三处：水田、小溪和大河。水田里面，平常只能抓些泥鳅、三斑、土虱什么的，阿单又说，这些鱼，红龙不爱吃，而且，水田捞鱼，工程大，还挺危险。首先，得把田埂挖开放水，再让几个人下田，四面八方赶鱼入网。不但费功夫，闹不好还教人追着打。没多久，阿单决定转移阵地。

小溪是瑠公圳的一条支流，水深溪宽，长满水草，里面可是藏龙卧虎。阿单爸爸规定，大肚鱼不准捞，因为他们是公家放养用来消灭蚊子的，最好抓小指长短的鲫鱼，每天三五尾就够了。可是，这个任务不好完成。鲫鱼虽小，速度极快，我们那些用蚊帐布制造的小鱼网，网眼太细，漏水不够快，就是看见鱼也没法堵。再加上小溪常有那种电鱼的混蛋，他每来一次，附近一带的鱼，大大小小，全给他电死网走。没办法，只好走远路，长征水源地大河。

阿单说，小银鱼是香鱼苗，营养丰富，游速又快，追食的红龙,增加运动量,他爸爸认为,这种活饲料,是上品。

养红龙那两年,就是长途跋涉到了水源地,游泳也都忘了,光是筑堤赶鱼,就够我们忙上一整天。

此外还有七彩神仙鱼,阿单爸爸说,是亚马孙河来的。全世界没有人知道如何叫它们在鱼缸里面养儿育女繁殖后代,他要我们帮忙突破。

所以,每天的任务,除了小银鱼,还要往水沟里面挖血丝虫。

那两年,是阿单称霸的时代。后来出了点事,聚义好汉闹翻了,我们的王国也跟着崩溃。

16

闪闪发光的片段里面,最灿烂的,我管它叫"钻石时光"。

往往是晚饭以后,巷子里的"踢罐头"游戏结束,好汉们鸟兽散,各自回家。

我们家前院,凤凰木底下,附近的邻居们,自己搬来板凳和躺椅,父亲吹横笛,林叔叔拉胡琴,母亲搬出她从老家带来的家传古筝。

母亲最拿手的是《渔舟唱晚》和《平湖秋月》，她的花指功夫可了得，人都说，比洋人的竖琴还好听。父亲最喜欢《姑苏行》，吹的时候摇头晃脑，蛮陶醉的，只可惜他的气不够长，回肠荡气有时候变成回肠断气。我最爱他们几个人合奏的《春江花月夜》，尤其是林阿姨学会了扬琴，叮叮咚咚的声音，配在乐曲里面，好温暖的感觉。

我跟弟弟在凤凰木的老根窝里找到最舒服的座位，背倚树干，仰起头，从细碎的叶片缝隙里，望出去，可以看见四仰八叉的一组星星，父亲说，那就是猎户座。

那颗最大最亮的星星，不知道叫什么名字，常常挂在我们家的屋角上方。

17

首先，发现秘密的是弟弟，我正在隔壁巷子掏鸟窝，他鬼鬼祟祟拉我去看。

巷尾那家人的后院有个防空洞，洞顶土堆上面长满芦苇，我们翻过墙，跳上土堆，趴在芦苇丛里，可以看到附近街巷的动静。

那天没有风，太阳毒毒的，茅草里待久了，满头冒汗，我有点不耐烦。

"究竟什么把戏？还要等多久？"

"别急，别急！"弟弟说，"前两个礼拜天都是这时候出来的……"

一辆三轮车过来了，上面坐着个男的，脸被扯起来的车篷挡住，看不清楚。车停在巷尾转角的地方，车篷里面的人正抽烟，一缕缕烟雾冒出来。

过了几分钟，我们家屋角那边，匆匆忙忙走过来一个女人，打着阳伞，脸也看不清楚。

女人走到三轮车旁，收阳伞上车的刹那，头还是低着。

男人的手伸出，拉女人一把。三轮车掉头拉出去的时候，我才看清。女人原来是正雄的妈妈，隔壁的林阿姨。爸爸的手，捏着林阿姨的手。

18

吃晚饭的时候，爸爸发脾气了，碗一推，筷子往饭桌上用力一敲。

"每天都是萝卜牛肉，你就不能换个花样吗？"

"要换花样？你去那边吃，省得伺候！"

那天晚上，我跟弟弟都睡不着，爸妈在厨房谈判，声量越来越大，终于，父亲发火，开始砸碗盘了，满屋子哗啦啦，像地震，妹妹居然毫无反应，睡得死死的。

我跟弟弟商量。这个家，眼看待不住了，怎么办？

弟弟说，他们班上次远足，在狮头山看见和尚练拳，不如投奔那里，等武功练好，再下山救妹妹和妈妈。

去你的，我说，第一，人家不一定收留我们；第二，就是练好武功，妈妈和妹妹早就饿死了。依我看，最混蛋的是林阿姨，那正雄也不是好东西，把这两个混蛋干掉，就没事了。

第二天晚上，好汉们在巷子里玩官兵捉强盗，我逮到个机会，抓住正雄，一手把他摁在地上，一手握半块砖，往他脸上猛砸。这小子机灵得紧，头一闪，砖头砸在他肩膀上。

"你干什么？要玩真的？"

二话不说，又一砖头砸过去。

小子会两下柔道，一手卡我脖子，一手抓我裤腰带，身子一挺，反把我翻倒地上。我手臂落地一震，砖头给他夺了，立刻横扫过来，正好打中嘴巴，只觉嘴里一股腥味，往外一吐，唾沫和血当中，有颗雪白的牙齿。

大伙围拢，把两个人拖开。

阿单站在中间,一手推我,一手推他。

"自己人,怎么干真的?"他先问我。

"他,汉奸,亡国奴,他妈一天到晚唱日本歌,看日本书,家里藏着武士刀,骂我清国佬,还说:下次二二八,杀你全家……"

正雄额头流血,我捂住嘴巴。阿单叫我道歉,我拒绝,领着弟弟,掉头就走。

兄弟俩蹑手蹑脚溜进洗澡房,打开水龙头,洗嘴,门忽然拉开,妈妈过来,我以为她又要罚跪,往角落里躲。妈妈拉着弟弟,两臂把我们圈紧,抱成一团,弟弟放声大哭起来,妈妈只重复说:

"我们忍耐,我们不哭,我们忍耐,我们不哭……"

水龙头的水,就那样一直流,一直流。

19

打架事件以后,没多久,我们搬家了。搬得不远,离原来的家十几条巷子,所以,阿单还是找我混,不过,只要正雄在,我们兄弟俩就退出,再过一阵,阿单不来了,我们也交了新朋友。又过了一段时间,那批好汉,就是路上碰到,也装不认识。

我们家也发生一些变化。

妹妹不但学会走路，而且长了几颗牙齿。

弟弟升上四年级，换了学校。

我考进中学，爸爸奖励我，给我买了部脚踏车。

我们不再抓鱼，也懒得游泳，有空就载着弟弟，上我学校去打篮球。

阿单他们那个好汉圈子，听说分成两派，一派叫"二二八"，另一派叫"七七"。"二二八"由正雄领头。阿单成了"七七"总指挥，两边打得不可开交。阿单曾经派人找我们归队。我跟弟弟商量，觉得没那么多时间跟他们混，决定算了。那时候，七虎跟大鹏，打得难解难分，爸爸说，谁考前三名，就带他去三军球场看球。

妈妈恢复了她的老样子，唯一不同的是，爸爸下班回家以前，她喜欢对镜子化妆，画眉毛，脸上扑粉，有时还淡淡涂上口红。

变化最大的是爸爸。

他戒了烟，也不再跟朋友出去"喝两杯"，下班马上回家，除了重要应酬，跟什么人都不来往。回家以后，就坐饭桌那儿看书，有时还上厨房里帮忙，兴致高，偶尔炒两个小菜。

爸妈有说有笑，弟弟和我，经常考第一名，妹妹又活像个洋娃娃,讨大家喜欢,我们这个家,好像特别兴旺。

然后,有一天夜里,听爸妈在蚊帐里说悄悄话,不像吵嘴,妈妈的话,断断续续,听不清楚,好像喘不过气似的。

过两天,爸爸搬走了。

他住进了松山肺病疗养院。

20

回想母亲跟我共度的岁月,真正忘不了的,其实没有多少。童年时期,吵吵闹闹,有些恩怨,留在记忆里面的分量,仿佛可有可无。我上大学以后,一年到头,住宿舍的时候多,即使寒暑假回家,家里也待不住,而且,越到后来,共同语言越少。等我当完兵,赴美,母亲跟我,简直就成了陌生人。

我在国外这么些年,母亲和父亲,前后来过几次,有时单独来,也有两人一道的,可是,不知什么缘故,不论是两人一道还是她一个人,跟我住,总觉有点生分,她好像不知该把我当大人还是小孩,不知不觉间,老隔着点什么,有时客气得让人难受。

仔细想，我这辈子，真的是，从头到尾，始终没弄清楚，母亲心底，究竟想些什么。

我曾经把自己想象成毫无瓜葛的第三者，试图理解母亲和父亲之间的婚姻关系。老实说，直到今天，人生舞台滚过几十年，世面见得也够多了，像他们那样，既不能说冷淡，也谈不上亲密的相处方式，实在也很少见。最奇怪的是，夫妻吵架看多了，却从没有像他们那样，吵的时候，仿佛世界末日，两个人都让你觉得，恨不得对方死了才好。暴风雨一过，不必等第二天，马上一切还原，好像压根儿没这回事。

如果是真的动了气，大吵一场，想当然，你会以为，一定有什么矛盾，既无法讲理，又没人让步，那就非得摊牌、爆炸，把矛盾彻底翻开。按常理，吵完这么一架，矛盾解决不了，那就继续闹下去，冷战热战都行，或者，到底，根本无法解决，了不起，拉倒，分手。如果吵完没事了，那两人的关系，总该有些变化才是。

这个常理，对我父母不适用。

他们其实很少吵，但是，只要一吵，便生死交关。然而，两个人又好像都没有多少火药，噼里啪啦一阵，就完事，完事之后，又好像什么也没发生过。父亲照旧上班下班，母亲照样买菜烧饭。

林阿姨那件事，也许是唯一的例外。

可是，林阿姨后来居然变成母亲最知心的朋友。能用这个唯一的例外，证明我的母亲和父亲之间，确实有所谓的夫妻之情吗？

我真的不太明白。

有时候，我甚至怀疑，我自己，还有弟弟和妹妹，究竟是怎么生出来的。我至今无法相信，他们两个人，还会做爱。

21

仔细想，有一件事，我年纪越大，越无法理解：我这辈子，从来没见过母亲的眼泪。也许眼眶湿润，眼泪却总是流不出来。

终其一生，母亲是个不会哭的女人，我或许也得到她的遗传。

22

父亲搬进松山疗养院之后的前半年，我们家的生活，起伏不大。据母亲说，父亲服务的机关，长官为人厚道，尤其对老部下，挺照顾的。那半年，父亲没法上班，薪水照发，有时还派人送些日常生活用品。半年后，生活用品没有了，薪水只剩一半。再过半年，就变成留职停薪。

母亲是书香门第大户人家出身的小姐，从小养尊处优，嫁给父亲之前，从来没为柴米油盐伤过脑筋。跟父亲结婚这么多年，虽然经过抗战流亡的日子，但因为父亲是技术人员，到哪儿都有工作，有时不免清苦，挨饿的威胁是没有的。

老家带来的私房钱，不过是些金手镯、玉配饰、戒指、耳环、袁大头一类，不久就变卖完了。

父亲的肺结核，到了第二期，需要长期隔离疗养。

母亲虽然念过大学，除了家计和偶尔做些零活，一天班都没上过。

我们家面临的，不是突发性的像地震台风一类的灾难，是那种一天又一天逐渐明显不断加重的威胁。

所以，母亲突然崩溃变得歇斯底里不可理喻的那天，我和弟弟并不知道害怕，妹妹更以为妈妈跟她做游戏，还爬到地上打滚的妈妈身边，差一点被她压扁。

那天，我跟弟弟，都没上学。

家里什么吃的都不剩。

妈妈没哭，她只是自言自语，有时笑，有时干号。

实在饿得不行了，我跟弟弟说，你看家，我去找吃的，回头给你们带些。

附近几个朋友，有的不在，有的身上没钱，最后只好去找阿单。阿单把我拉进他们家厨房，从纱橱里端出来几碟剩菜，开水拌饭，叫我慢慢吃。还说：你等我，我这就出去给你想办法。

等我回到家的时候，家里变了个样。

弟弟和妹妹，一人一边，坐上饭桌，吃蛋炒饭。

妈妈睡在床上，阿单的妈妈和林阿姨陪她说话。

我们家是林阿姨救回来的。

她发动邻居捐款，又上爸爸服务的机关陈情，组织同事说服长官，让爸爸暂时在疗养院上半天班，发半薪，等休养好了，再恢复全薪。

我始终无法明白，一生那么要面子的母亲，怎么可能接受别人施舍？尤其难解的是，她居然不反对林阿姨，做她的恩人。

23

父亲回家的那天，母亲给他准备了欢迎会，特别邀请了父亲的小同乡,办公室的同事和朋友,还烧了爸爸喜欢的家乡菜紫姜炒血鸭,又做了自己的家乡菜粉蒸肉,当然,林阿姨和阿单妈妈也都来了。

小同乡出现,连父亲都感到惊讶。母亲一向不喜欢他们,我们家没事,逢年过节必来打抽丰,一旦有事,都躲得远远的。他们说一口奇怪的方言,连我们都听不懂,但父亲见到他们,好像变了个人,满口家乡话,兴高采烈,猜拳喝酒,面红耳赤。等这批人一走,妈妈就说:这批叉八子,没一个好东西!叉八子是母亲家乡的方言,意思是"蟑螂"。

我发现,妈妈对林阿姨特别亲热,林阿姨一来就钻进厨房帮忙,从头到尾,林阿姨没跟爸爸讲一句话。

阿单跟正雄进门的时候,我也吓了一跳。不过,我立刻告诉自己,保持风度。大人吃喝谈笑,我领阿单、正雄上我们家后院,两棵槟榔树之间,我跟弟弟做了一根单杠,为了打好篮球,我们勤练引体向上,想把身材拉高。正雄一见单杠,往手心里吐唾沫,双脚一蹬,两手一抓,人便挂在单杠上。他引体向上毫不费力,两三下之后,两腿往上一踢,两手一撑,整个人便飞上半空,接着便是大车轮!

我刚学会"士别三日,刮目相看"那句话,这下可印证了。

正雄练出一身肌肉,人也长高了,脸上出现青春痘。

那以后没多久,就听说正雄考上了空军幼校。

大学毕业那年,我到林家去过一次。正雄的飞机摔了,他牺牲的时候,二十刚刚出头。

林阿姨也有好几年不见,还可以看出老样子,只是,若尾文子的秀丽面庞好像失去水分,一身丧服,衬出鬓边的白发。坐在她旁边的林叔叔,垮得更厉害,秃头驼背,简直认不出来了。

母亲的手指,跟林阿姨的,扭绞成结,像荷花花瓣飘落后出现的莲蓬。这个镜头,我永远忘不了。那天,两个人都没哭。

阿单后来继承父业,成了水产专家,我赴美之前,偶有往来,他还邀我去他的水产实验室参观过。他做吴郭鱼品种改良,他说非洲有种罗非鱼,肉多刺少,如果配种成功,就能把吴郭鱼变成大量养殖的肉用鱼。

我的篮球没打出来,身材不够,速度也差,明白自己的局限之后,兴趣渐渐转移。大学毕业,当完兵,经朋友介绍,在香港一家公司找到一份工作,我便离开台湾了。

24

离台前,我其实有两个选择:美国读书或香港就业。我决定先去香港,暂时保留美国留学的资格。这个决定,跟母亲有关。

也许一半因为母亲,一半为我自己。也许是为了这个家。

我当时想,我这就走了,可我们这个家,还有没有可能,找回往日的"钻石时光"?想来想去,最后有了结论。只有一件事,能把这个有气无力的家救回来:必须找到不幸留在大陆的大妹,把她救出来,送往台湾。大妹得救,母亲就有救,母亲得救,这个家就完整了。

怀着这个秘密愿望,我单枪匹马,到人地生疏、语言不通的香港去打天下。

天下无难事,只怕有心人。这是我赴港行李的镇箱之宝。

当然,衬衣贴心处,母亲缝了个有拉链的口袋,藏着一卷美金,是她卖了家传古筝,悄悄上衡阳街银楼换来的。

我们家离开大陆老家去台湾,内战的烽火,还没烧到江南。当时,父母的想法,多年来听他们零零星星提起，大致以为，这场仗，最多两三年就会过去，而且，长江天堑，共产党没有海、空军，老蒋的八百万大军，无论怎么差劲，大江以南，总不会有什么问题。这个合情合理的判断，决定了老三也就是我大妹的命运。

舅父母无所出，大妹又那么可爱，从小就成了他们的宝贝。赴台前，舅舅抱着大妹跟母亲说：交给我带两年吧，这么远，路上生病了怎么办？

那时，大妹不到两岁，两条小胖腿挺能走的，嘴巴也伶俐，还学会唱周璇的《四季歌》。

听说一路上要坐长途火车，又要坐船漂洋过海，加上传闻火车通过的部分地方，偶有土匪骚扰，不太安静，母亲肚子里又怀着小妹，她就听从了舅舅的建议。

父亲也安慰她说：少则两年，最多三年，我们就要回来的。

母亲临终前，终于跟大妹见面，那是半个世纪以后的事情了。在此之前，每次听到《四季歌》，母亲的眼眶就湿湿的，不过，她从没为此流过眼泪。

总之，到香港不久，稍微摸熟当地环境，我就默默展开了"营救"大妹的工作。

25

手上只抓着两样东西：舅舅的信和大妹的照片。信和照片都是老东西，照片里的大妹，不过十岁的样子。最近这七八年，不知道什么缘故，两边音讯断绝，但我满怀信心，觉得天下没有办不成的事情。大学刚毕业，又做排长，带过兵，不免心高气傲。现在回想，那时确有点不自量力，以为动点脑筋，花点钱，持之以恒，就可以把大妹从大陆接到香港，再设法送往台湾。

到香港大约半年后，我给舅舅写了一封信，主要告诉他：我目前在香港的一家进出口公司做事，爸妈身体健康，阖家安好，很想念大妹，希望取得联系，并将近况告知云云。

信发两三个月，仍无回音，再写一信，内称：父亲身体欠佳，思念亲人，盼速回信。信中附寄全家福照片一张，就是父亲多年前手摄的那张。

抵港一年后，我自作主张，发了一封加急电报：父亲入院病危，请复。

所有这些动作，都是我一个人闭门造车，没跟任何人商量过。我当然了解，大陆老百姓与外面通信，有一定的风险。事实上，我自己这么做，也有风险。不要说我自己还计划将来回台创业，消息走漏，小报告打到台湾，不但父亲的工作受影响，弟妹的生活也可能增加困难。我不能为了营救大妹，反把台湾的一家人都给害了。

至于舅舅那方面，我当时以为，既然他已经通过澳门的亲戚转信，现在知道我人在香港，没道理不跟我联络。

可是，一年过去了，信和电报，全部石沉大海。

我开始觉得不安。

我对大陆的情况，不能说完全不知道。为了营救大妹，从到香港的那天起，每天必读《大公报》和《新晚报》。我在"三联书店"买了大批书刊，我研究大陆的政治制度，设法弄懂他们的办事程序和方法。只要有机会，遇到去过大陆的人，我必定想方设法打听消息。而且，为了等待机会，我努力把自己准备妥当，所以，通过老板的社会关系，我不久就取得了香港的合法居留身份，拿到了身份证。我确实有决心，如果机会来了，就是亲自往大陆跑一趟，也未尝不可。

那两年，正是大陆三年困难时期之后，刘少奇上台，经济慢慢恢复，社会渐趋稳定的时代，对外关系和对内安全管制都有放松的迹象，按理，我这个小老百姓的一点愿望，应该有个合理渠道，可以适当满足才是。

然而，舅舅那边毫无音讯，我就一筹莫展。

他们一家，包括大妹在内，难道出什么事了？

26

新中国成立前，舅舅在一家银行做出纳，舅妈是小学教员。严格说，他们都是所谓的小资产阶级知识分子，没有什么罪大恶极的阶级包袱，即使不被重用，也不至于受到歧视。何况，两个人都有一定的专业技术，新社会也不可能用不上的。

舅妈的家族，原来是做绸缎生意的，但也不是什么大买卖，不过在城里开了个中等规模的店铺。

舅舅的出身，比较有问题。外祖父母曾经拥有田产，收过租，因此有剥削阶级的成分。但是，外祖父母过世都几十年了，他们家的田产早已变卖，他还需要为此付出政治代价吗？

大妹应该更没问题才对，虽然亲生父母去了台湾，但她离开父母的时候，还不到两岁，能负什么责任？何况，我还听澳门的亲戚说：你妹妹早已改姓，现在是你舅父母的女儿了。

我在香港那两年，大妹十六七岁，快高中毕业，该准备考大学了吧?

无论我怎么推测，怎么分析，舅舅那边始终没有任何反应，我怎么想都于事无补，下一步究竟该怎么走？我越来越没信心了。关键是，我甚至弄不清楚，他们究竟是搬家了？出了什么事？还是只是害怕？

我不能不考虑，这么盲目干下去，会不会危害他们？

27

我开始在我的社交圈子里，注意那些跟大陆有直接往来的生意人。

我服务的这家公司，主要从英国进口羊毛衣料，卖给香港的成衣制造商，同时将当地的成衣外销美、欧。生意往来对象之中，几乎没有人与大陆有关。所以，我熟悉的范围内，不太可能碰到我要找的人。不过，那时候的港英政府，在九龙接近新界的偏僻地方，开拓工业园区，那一带，不少新办企业，处心积虑拓展业务，高薪挖角，同事之中，也有人跳槽。

借着探访旧友之便，我跑过几次官塘。在一次晚宴小聚上，结识了专跑广交会的拉柴。

"拉柴"是广东骂人话，意思是"僵尸"，这个绰号有点缺德，但拉柴这个人，身板瘦硬僵直，动作迟缓，确实有点像僵尸。而且，他平常话不多，别人损他，也不以为忤，照答不误。他还是香港人所谓的"左仔"，正宗左派学校出身，父母都是左翼工会会员。他的职务，就是为香港一些做大陆生意的厂商，往来大陆各地，接洽货源。

我一开始就蛮喜欢这个完全不像香港人的广东仔，所以不愿叫他拉柴，只称阿柴。也许他也感觉到了，对我特别亲切。直觉告诉我，他或许就是大妹跟我的"贵人"。

跟我在台湾得到的印象不同，"左仔"一点也不阴险狡猾，阿柴其实是个既单纯又朴质的直统统好人。交往几次之后，他首先跟我交心。

按照他的说法，外边人对大陆的认识，有人一厢情愿叫好，有人又一边倒，什么都是一片漆黑，其实，一半一半。那边的制度，好处是，真是人人平等，说穷，大家都穷，当然，高级干部的待遇比一般人好，可是，他说，天下是人家流血牺牲打下来的，享一点特权也无可厚非嘛！当然，那边也有毛病，做不做，三十六，只有运动来了，才卖力表现，结果呢，一天到晚，运动没完没了，搞得人人紧张。

我反复推敲，大妹的事，能不能跟阿柴提？

有一天深夜，我约他到大排档消夜。两个人都灌下不少啤酒，大排档那家摊子的豉汁田鸡十分精彩，高炉大锅，火舌飞扬，爆炒时，锅里热油全冒烟，田鸡肉加上豆豉味，半焦半嫩，用冰啤酒送下去，过瘾极了。

我问：从大陆弄一个人出来，有没有可能？

阿柴说：你疯了，搞不好，一辈子送青海劳动改造呢！

28

趁着酒兴，我把大妹的身世和我们家的情况，一五一十，跟阿柴讲了。

当时的想法是，让他帮我掂一掂分量，凭他对大陆情况的了解，看看这件事有没有成功的希望？如果绝无可能，也就死了这条心。如果可能的话，该怎么进行？

谁知阿柴居然马上拍胸脯说：我下个月就要跑一趟广交会，找些关系，拿封介绍信，到你老家去了解一下！

29

一个多月以后，接到阿柴的电话，他说，刚从北边回来，电话里不便详谈，要当面向我汇报。我约他下班后见面，我们在香港仔的一家海鲜店碰头。

那天晚上，对我而言，不仅明白了大妹和舅父母一家的命运，海峡人为隔开永远不能弥补的距离，第一次成为无法不接受的现实。

一九五七年，也就是我们接到澳门转信的两年后，舅舅成为反右派斗争的检查对象。他平常人缘还算好，但他服务的单位分到一定的配额上报，他在前一时期的百花齐放运动中，出于善良愿望，响应了党的"知无不言"号召，针对本单位的一些弊端，提了意见。这些意见，变成了罪名。

划成右派的舅舅，被送往新疆，接受劳动改造。

舅妈为了自救，跟舅舅划清界限，两个人协议离婚。

大妹当时十一岁，就读小学五年级。舅妈一年后改嫁，新丈夫是工人阶级出身的干部，前妻过世，留下三个孩子，大妹便给送往农村一位老大娘家照顾，每个月收到十五元人民币，作为生活费。不用说，她也无法继续上学，目前是公社普通社员，尚未结婚。

阿柴的"汇报"还有个意外内容。他说：你舅父一家，妻离子散，人也见不到，他们的情况，都是从你姨父母那儿听来的。姨父在省城医院做医生，党政关系都好，生活也不错。姨妈临行前还特别叮咛，要我设法转达，告诉她姊姊，只有一句话：范表哥已经在三年前过世。

两个月之后，我在一事无成的心情中，回到台北，开始准备远走高飞。

那个一厢情愿的营救大妹的秘密计划，成了我两年香港生活最大的讽刺。更难堪的是，这个完全出乎意料的发展，我一个字都不敢跟母亲透露。所以，直到母亲撒手，她完全不知道她弟弟一家的灾变，她的大女儿的命运，当然也就不清不楚了。

至于姨妈要我转达的讯息，我根本不明白"范表哥"究竟何许人也，也许只是出于好奇，想从母亲的反应中探索什么秘密，才若无其事地说了，不料她忽然脸色发白，一句话也没说，转身，回房间，关上门，直到第二天，都不再出来。

二十五年后，终于跟大妹见面，她已经是四个孩子的母亲，虽然才四十出头，头发竟已斑白，看见她黝黑粗糙的肌肤，心如刀割之外，我在想，这个样子的大妹，能让母亲看吗？

30

台湾解严的消息传到时，我立刻给家里打长途电话。那已经是我在美国生活的第二十五个年头，母亲也七十多岁了。

我在电话里建议：请他们在台湾办好手续后，通知我，我会在香港跟大家会合，一道去找大妹。弟弟和妹妹两家，希望也能参加。同时，我会联络中国驻美机构，打听大妹的下落。

弟弟在大学教书，正忙着升等的论文，暂时走不开，但表示：我们三家同辈的，各尽自己能力，出一份钱，托我带给大妹。

妹妹兴奋得晚上都睡不着，先后给我打了好几次电话，她说：虽然从来没见过面，一闭上眼就发现姊姊在向她招手。我问她：梦里的姊姊，长什么样子？她说：跟那张照片，一模一样！

父亲也蛮激动，甚至说：你要是办成这件事，从前骂你不孝的话，都可以收回。

只有母亲的反应，让人莫名其妙。

她说：见了面，更难过，算了。

31

我在尖沙咀码头附近，订好旅馆房间，专等父亲和妹妹从台湾过来。这期间有两天闲着，便联络上阿柴，找他有空的时间，聚上一聚。

离开香港二十多年，只有一次，阿柴到美国办事，在旧金山见过，那也是十几年前的事了。所以，他跟我打招呼的时候，几乎不敢认他。

阿柴胖了，而且，不是寻常的胖，他整个人像气球似的，多出来一倍，加上头发秃了一大半，配上从前没有的黑框眼镜，要不是他先找到我，就是面对面，我也无法叫他的名字。

我们坐在酒店面海的大玻璃窗前，喝咖啡。中环的夜景，隔着玻璃，还有辽阔的海湾，望上去有点虚假不实的味道。老朋友之间，似乎也有些生分，寒暄之后，便不知道从何谈起。我觉得好像有义务拉回从前那段难得的友谊，不断打听那几个当年一道混过的朋友的消息。阿柴说话的口气，也不太一样，意见挺多的。那些人，他说，都没来往了，大概还在官塘鬼混吧。官塘呢,也没那么兴旺了,这几年,形势变化太快,很多你过去熟悉的东西,和人,都在迅速淘汰……

谈到"北边",他的意见尤其多,好像迫不及待,跟我补课似的。

"现在,"他加重语气,"政策对头了,改革开放已经不能逆转,你该去深圳、广州看看,真的是翻天覆地,不骗你……"

阿柴已经不能叫"拉柴",他不仅发福,而且发了财,他在深圳有工厂,中环有写字楼,生意范围,扩大到美国、日本和欧洲。他现在是大老板了。

我开始感觉,这次约见阿柴,或许是个错误的想法。

但我没有放弃,人在江湖,无论如何翻滚,有些贴心的东西,应该丢不掉的,我相信。

消夜时候到了,我在考虑,究竟就这么告辞呢?还是找他去喝两杯?

见到老朋友,而三番五次,话到嘴边,却说不出口。留着这种遗憾,将来肯定后悔。我于是问:尖沙咀一带的酒吧,你熟不熟?

不料,阿柴居然要摆阔,他要带我上海鲜艇,尝一尝老鼠斑。那老鼠斑,我闻名已久,一尾的市价,相当于香港白领阶层一个月的薪水。

灵机一动，我说：最怀念的还是大排档，尤其是豉汁田鸡和冰啤酒。

电流忽然通了。那晚上剩下的时间里，阿柴又变成我认识的阿柴。

32

高炉大火，油锅滚烫，田鸡肉扔下去，"嗤"一声，烟雾弥漫，异香扑鼻。

我跟阿柴交心了。

阿柴拍胸脯。

"放心，我有渠道，他们欠我多着呢，一切包在我身上！"

33

第二天下午，阿柴派他的司机，到酒店接我，很快就抵达目的地。司机说：从这个门，坐电梯上去，老板在里边等你。

一位年轻小伙子，接过我递出的名片，进屋里通报。

我坐在会客室等，随手翻阅报纸，发觉这里除香港本地报刊之外，还有不少大陆的出版物，最意外的是那份闻名却从未见过的《参考消息》。

这是什么地方呢？刚才进门之前，好像没注意到有什么招牌。昨晚，阿柴只说：给你介绍个关键人物，进去以后，方便得多。

大约十分钟之后，阿柴跟一位穿着朴素的中年人出来了。

"这是老陈，"阿柴说，"我们进里面谈吧……"

老陈的态度非常热情，两手上下交叠，紧握我伸出的右手，猛摇。我有点受宠若惊，想缩手，但看阿柴笑得很自然，也就放弃了挣扎。

老陈说话带着浓重的山东口音。这种口音，自从离开台湾，二十多年没听过了，乍然听到，反而挺亲切，好像跟当兵时代的老士官重逢似的。

老陈招待的龙井茶，品质不同凡响，色清味醇，一枪二旗，连唐人街能够买到的最贵的特级龙井都没法比。

可是，老陈究竟是什么身份，阿柴一个字都没有透露，却只说：有什么事，尽管说，没问题的……

看我犹豫不决的样子，老陈就主动说话了。

"李先生这次陪同令尊和令妹回来探亲，我们热烈欢迎。我们知道，台湾当局最近解除了多年来的禁令，这个做法是进步的，符合两岸人民的愿望，党和国家一定提供最大的方便。不过，我们实事求是，拨乱反正之后，各方面虽然飞跃发展，很多地方都还没把工作做好，历史遗留的问题，这样那样的问题，肯定不会少，尤其是李先生的家乡，过去受到的破坏比较严重，一时尚未恢复的情况，我们是了解的。这么说吧，李先生是美国华侨，令尊令妹是台湾同胞，都是一家人，这次是回娘家，落叶归根嘛，看不惯的地方，多体谅体谅……"

当天晚上，阿柴让司机把我们送到香港的最高点太平山顶，俯首下望，这个同时背负着耻辱和现代都会文明荣耀的地方，一片辉煌，尽收眼底。

阿柴说：有老陈今天那些话，你大妹应该没问题了。他说的话，你听起来也许是官样文章，但我判断，他可是代表中央宣示政策。他们这个机构，是大陆派驻香港的最高权威，听说过吗？

34

一星期以后，父亲、妹妹和我，三人结伴，从九龙上火车，开始我们几十年来梦寐以求的旅程。

阿柴和老陈手下那名年轻人都来送行，帮着提行李，找座位，还张罗了水果、饮料。父亲和小妹，心情不免有些忐忑，我倒是踏实得多，回想二十多年前的秘密营救计划，这一次，我感觉，首先是，客观大环境，完全不同了。从前，是一个不知天高地厚的小伙子，妄想深入虎穴救人。现在呢，虎穴看来已经不是虎穴，无论如何，人总归可以见到，只要见了面，接下来的事情就能设法安排。母亲这次不来，也许是心里害怕，如果将来安排她们母女在香港见面，总该接受吧！

我甚至想象着，母女俩在九龙机场见面拥抱哭成一团的镜头。

阿柴特别关照：会亲结束后，有关部门会安排一次会议，有什么要求，大胆提，不妨提得具体一点。

所以，这次的北上旅程，我的心情，比父亲和小妹轻松得多。

那天的天气，美好晴朗，车窗外面倒着流过去的世界，秩序井然，仿佛半个世纪以来，所有的战争、杀戮、仇恨、威胁和恐惧、生离和死别……从来就没有发生过似的。

阳光纯净无瑕，亲吻着大地。

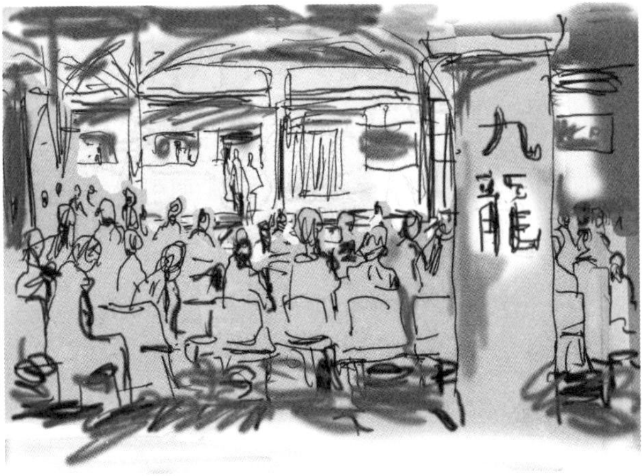
九龍

35

我这种轻松愉快的心情，不久就遇到考验。

过罗湖桥一半，父亲低声问："到共区了？"

不远处的半空，一面五星红旗，迎风招展。走过荷枪实弹的解放军岗哨，我感觉，小妹下意识提快脚步，挨近身边。我们跟随过关的人群，走进大厅。

大厅里面，人潮汹涌，人声嘈杂，地面上，东一堆，西一堆，到处都是行李，往来的旅客，随意穿插，还有不少挑担子、贩货的小商人，呼朋引伴，占位子，抢地盘，东南亚回国探亲的华侨，携家带眷，三大件，五小件……整个场面，活像难民营。

我一时失了主意，不知道该领四顾茫然的父亲和妹妹，往哪儿去排队，办手续。幸好，我们从九龙出发，坐的是早班车，到达这里，才不过上午十点多钟，估计时间还早，即使耽误了下一趟行程，估计深圳开往广州的班车，不会太少，便交代他们少安毋躁，就地休息，我去想办法。

等我找到了中旅社的接待人员，回到原处，父亲和小妹，居然不见踪影。

这一惊，非同小可。这两个糊涂蛋，本来就已经像是惊弓之鸟，他们的证件又都交给我保管，现在，人地生疏，身份不明，究竟出什么事了？到哪儿去找？

别忘了，那是一九八八年，手机在中国，还没出现！

陪同小王，人还算机灵，马上找到了广播室。

两个人，关在一个卫兵看守的小房间里，父亲脸色苍白，小妹眼睛含着泪水。

原来，父亲尿急，找不到厕所，去问站岗的解放军。

对方问："哪儿来的？"

父亲答："台湾！"

解放军提高警觉，严厉质问："有没有证件？"

父亲慌了，据实回答："我儿子拿去了。"

"你儿子在哪儿？"

把父亲押到小妹那儿，小妹也没证件。解放军不敢怠慢，立刻上报，上级命令：严加看管。

几十年梦寐以求的旅行，如此开局，确实出乎我意料。

好在，自从有了小王陪同，以后的行程，便一路开绿灯，几乎什么问题都可以合理解决。

36

惊魂甫定，我们在小王的协助安排下，顺利办妥手续，验证过关，重上征程。

深圳广州段的火车，跟九龙罗湖段相比，差别不大。速度是慢一些，但前一段停站多，所以也不太感觉。感觉比较突出的是，资本主义那一段，松松散散，除了查票，没什么人管；社会主义这一段，便有点军事管理的味道，倒也不是压迫感，却像是照顾得过了头，仿佛随时预防着，怕人犯错，因此，做旅客的，忽然都成了孩子似的。

终于给带进了华侨大厦，一宿无话。

第二天一早，小王来了，把票务和其他一些杂事说清楚，然后问：还有七八个小时动身，要不要去哪儿参观一下？

小王提了几个景点，大家都觉得，既然到了这里，反正有时间，玩一玩也好。但是，父亲力排众议，坚决要求，去黄花岗七十二烈士陵园看看。

陵园冷冷清清，没什么人参观，倒是有不少工人，忙着修缮整理。

父亲先将买来的鲜花献上，要我们跟他一起行三鞠躬礼，然后才拍纪念照。

小王平常的任务中，或许从来没有这种节目，似乎不知道该怎么做，不免有点尴尬，不过，他的态度蛮好，父亲怎么说，他都照办。小妹也没说什么，只有我，心里有点嘀咕。共产党和国民党，几十年的死对头，我们一来，也不入乡随俗，无论如何，这里可是人家的地盘呀！

当晚的夜车上，我把这个想法，婉转告诉父亲。说实话，我们这一路，前面还不知道会有什么情况，我确实担心，父亲倚老卖老，搞不好，因小失大，把大妹的事弄砸了。

严格说，父亲不能算是忠贞国民党员，他交党费，偶尔也开开会，但他不是一天到晚在家里骂国民党，数落老蒋的刚愎自用，专权无能？小时候，就常听他抱怨：

"马上得天下又把天下丢了，历史上，只有他一个人！"

怎么现在到了别人的地方，忽然变得忠心耿耿呢？

有一种无法形容的什么东西，弥漫在空气里。

有一些莫可名状的什么，在刺激满头白发的父亲。

我必须提高警惕。

37

小妹在上铺睡着了，车窗外，昏暗沉寂，远处的灯光，星星点点，缓缓旋转，近处偶有房舍、树影掠过，统治一切的，是老旧车体挤压钢轨的刺耳噪音。

父子俩，隔着放茶水的便桌，坐在自己的铺位上，睡不着，也不想睡。彼此的眼睛，不知为什么，无法对焦，同时望着窗外的暗夜平野出神。

细想起来，我们父子，这一辈子，好像还从来没有像这样，在如此闭锁而无从回避的窄小空间里，面对面相处过。父亲究竟是怎么样一个人？他内心的深层，有些什么活动？我好像从来没有深究，或许，某些片刻，产生过某种感应，或许，多年形成的习惯印象，一成不变，无法否认的是，我面前这个老年人，实在熟悉不过，却又几近陌生。

同时，不免也就想到，父亲心里的我，是不是也一样呢？

九龙上车前，阿柴将一瓶五粮液，塞进了我的旅行包里。天黑前，我买了一包花生，现在都拿出来，放在便桌上。我想，如何谈起呢？

"亲生女儿，这样难得的机会，妈妈为什么不来？你觉得，她是怎么回事？"

"她怕。"

"怕什么呢？"

"还不是共产党。"

"我不是在电话里面讲清楚了？各方面都打点好了，尽可以放心吗？"

"这个人，说不通的，你母亲的脾气，还不了解吗？"

我决定，试探一下。

"我不明白，你们两个，好像从来都不能同心协力的样子，为什么呢？"

父亲突然沉默了。然后，眼光又转向窗外，说了这么一句话：

"你也是中年人了，问这种话，不是幼稚吗？"

五粮液是那种醇香包裹辛辣的酒，一口滑进肠胃，脑子里暂时没什么感觉，要等上一阵，才开始晕眩。

38

我始终不相信，母亲拒绝同来，是因为怕共产党的关系。连小妹都来了，母亲有什么好怕的呢？小妹还是台湾出生的，大陆对她而言，更是陌生。如果小妹都不怕，母亲更没理由了。

"怕共产党"这个说法，我揣测，其实是父亲搬出来掩盖自己内心模糊感情的说法。父亲虽然不是忠贞党员，但他的一生，即使从未飞黄腾达，却是始终跟定了国民党的。国民党一败涂地的四十年之后，重新回到这一块曾经寄托了多少梦想与憧憬的土地，内心的悲凉、感慨，不免波涛汹涌了。

所以，我不能不感觉，父亲的"探亲"之旅，多少跟五粮液相仿佛，醇香包裹的深处，藏着辛辣。

那么，母亲究竟在逃避什么呢？

火车奔驰在水乡田野。天色大明，展眼望去，稻秧新绿与菜花金黄，交织成一片锦绣马赛克，在偶尔出现的粉墙黑瓦民居周遭，地毯一样，铺向远山蓝天。

视域中，时见片片风帆，却因距离的关系，船身不见了，也看不到水面，只能感觉水的反光，辐射在初春江南乍暖还寒的空气里。

一定有些欲说还休的什么，在母亲的内心深处，躲藏着。

39

父亲和母亲的婚姻，在我们这一辈的成长过程中，始终有些阴影。这件事，我曾经有机会，跟小妹和弟弟，分别谈过。

小妹的反应，比较单纯。她说，两个人，出身背景不同，性格不同，当然合不来嘛。反正，婚姻就是这么回事，你磨我，我磨你，磨来磨去，日久天长，习惯了，最后总归相安无事。她自己跟她那口子，虽然同学同事，差不多也就是这个样子。

"别大惊小怪吹毛求疵啦！"

这就是她的结论。

弟弟的想法，比较有意思，学科学的他，分析任何问题，都有个理性基础。

婚姻这个制度，先天带来无法化解的矛盾，他说，人类学家认为，男性的生存策略，为了将自己的遗传基因传递下去，种子撒得越多越广就越有保障，所以，滥交即使违反现行社会规律，本能却要求他这么做。女性的生存策略刚好相反，她选择最好的遗传基因做配偶，选定之后，由于人类的生产和育婴期特别长，自己缺乏自卫能力，当然会要求对方的忠诚保护。

所以，弟弟的结论是：父亲和母亲的婚姻，虽然有些阴影，他们两个人的行为，基本符合自然规律。言下之意，他们一辈子吵吵闹闹，可是，我们这个家，终究没有破裂，父亲方面的压力或许更大，反而可能是受害人呢！

直觉告诉我，两种解释，都无法安心接受。小妹和弟弟，作为下一代，宁愿相信创造了我们的上一代，没有什么不正常，大概也是很本能的吧！

40

车轮滚动的规律声响，听久了，散乱的思绪好像也跟着那种节奏规律化了。

一个念头，闪过脑际。

终生不能感受父母婚姻阴影的大妹，究竟是幸福？还是不幸？

火车渐渐离开初春江南，慢慢，窗外的景色起了变化，山温水暖被穷山恶水取代，视线所及，灰黄干秃，成为主调，我知道，暌违四十年的老家，快要到了。

剩下的旅程，占满耳朵因而垄断心神的，唯余金属物的碰撞挤压，铁轮钢轨的机械打击节奏。

失去父母庇荫的大妹，恐怕无法像她的兄妹那样奢侈，追究着生活里面的精微细致感情波动吧！

我们的上一代，赐给她的，也许只有干巴巴的两个字：命运。

41

"人家都说，我是龙凤命呢！"

大妹终于开口说话了。我们坐在公园里的一棵柳树下，小妹带着大妹的四个孩子，在不远处的荷花池边游玩。父亲由小王和当地的陪同领着，去参观玻璃暖房的热带植物。留下我跟大妹单独相处。见面两天来，第一次找到一个单独相处的机会，我仔细追问他们一家的生活情况。

"从接到通知的那天开始，"大妹说，"日子就好过了。"

"什么通知？"

"就是说爸爸、大哥和妹妹要来嘛，村干部给我们送来很多物资，粮食、家具、吃的用的，衣服鞋袜，什么都有……还交代了很多事情……"

"交代什么？"

"没什么啦，讲解政策嘛，这些我们都明白的，开会谈过不止一次的，没什么特别……"

前后约莫有半个多小时，我了解的情况不多，但大致晓得，大妹一家，连她的公婆，八口人，住在一间棚屋里。所谓"棚屋"，就是斜搭在老大娘家墙壁上的茅草房子。挤一点无所谓，大妹说，冬天漏风、下雨滴水比较不方便，不过，也都习惯了。最大的问题是，家里劳动力不够，只有她爱人赚足工分，公婆赚不到工分，只能打杂，她又是妇女，拼命干，工分只算一半，所以，年底结账，每年的粮食特别紧张。因此，就是坐月子，也不能不出工，两个最小的，最麻烦，带到地里，经常没人管，后来弄了个木盆，屎尿都在里面，还好孩子命贱，不生病……

"干吗生那么多呢？"

"没办法，这几年欠了不少债，唯一的希望就是增加劳动力，多赚点工分，所以总想多生一个男的……"

现在是三女一男，还没结扎。

看她渐渐放松了，我于是问："二十多年前，香港发的信和电报，收到没有？"

"听说了，姨妈他们吓得要死……"

"这些年来，运动中，受过什么冲击？"

"那倒是没有，跟我爱人商量好了，放过一些话出去，说爸爸在台湾的阿里山打游击，都传开了，上面问过两次，没怎么追究，只警告我们，不许乱说乱动。你说呢，爸爸是不是地下党？"

42

大妹的爱人，原来是下放知青，高中没毕业就到了农村，成分不好，又成了家，根本断了回城市的念头。大妹自己，小学五年级的时候，舅舅出事，从此辍学。两个人，目前都是百分之百的农民。

我们相会的地方是省城，距大妹家还有一百多公里。抵达前几天，省里派人下去安排一切，把他们一家接过来，住在宾馆附近一间当地人的招待所里。见面的当天，父亲就要求在宾馆里另外开两个房间，官方没有阻拦，但大妹夫妻坚决不肯。

第一晚的见面，老实说，我是蛮尴尬的，不过，后来回想，又觉得，内心的组织，仿佛经过一番冲洗。

从九龙出发，一路上，心里老是惦念，虽然是亲骨肉，其实完全是陌生人。我会怎么反应？父亲态度如何？尤其是小妹，对于她从未谋面的姊姊，除了一张照片和一些传闻，有丝毫感情基础吗？能期待什么呢？

小妹第一个冲上去拥抱，大妹有点手足无措，听见小妹的哭声，立刻决堤了。我的眼睛，看见的是无法理解的现实，内心却止不住发抖。一白一黑的两个女人，一个穿着时髦，细皮嫩肉，一个满脸风霜，一身上下，是连包装时的折叠都还来不及撑开的土布衣裤。哭成一团的一对姊妹，看来连母女都不像。

父亲一向是个跟我们保持某种距离的父亲，除了打手心，揪耳朵，头顶凿栗子，除了照片上摆出的姿态，我一辈子都没留下任何身体接触的记忆。这时却见他一步向前，两条手臂把两个女儿，像永远放开不了似的抱起来。

父亲的哭声，也是平生第一次听到。嘎哑苍老，夹杂着喘气干咳，重复不停，就一句话：对不起你呀，对不起你呀……

然后，满屋子的人，大大小小，受到感染，都唏唏嘘嘘。

我刚好是个不会哭的人，只能像白痴一样，站着发呆。

43

宾馆会议室坐着两排人，面对面，我们一家坐一边，另一边是统战部门的地方领导人、干部和旅行社的领导、干部和陪同。小王当然也在座，一路上，全靠他安排一切，这次的会，联络、传达之外，他还花了不少力气，细心做父亲的工作。

父亲的牢骚挺多的，什么都看不惯。房间供水的热水瓶，他嫌老旧，不干净。餐厅的座位，用料太差，菜也炒得不合口味。参观游览那就更不必提了，无论看到什么，都要跟过去比上一比，过去什么都好，现在什么都不行，再拿台湾当例子，那就更加不堪了。

小王是个三十左右的年轻人，大学念的是古典文学，说话颇能掌握分寸，遣词用句不俗，往往透露颇为高雅的文化底蕴，这一点，深得父亲欢心。他的工作态度，更没话说，真是当得上任劳任怨、无微不至这几个字。

主持会议的领导人，提了两个重点：第一，对于当前的改革开放和招商引资政策，希望我们提供海外资讯；第二，十年浩劫，百废待兴，拨乱反正不久，很多地方都还残留着这样那样的问题，要我们带着关怀体谅的心情，多提意见。

关于第一点，父亲兴致很高，他几乎花了十几分钟的时间，从三七五减租、耕者有其田、高雄加工出口区……一路介绍到十大建设。

对方倒是认真听着，还有人记笔记。

我对第一点，没表示任何意见，直接谈第二点。

我要求给大妹和她的爱人调工作，把他们的户口迁回城市，北京不行的话，至少搬到上海。我没有说明为什么非北京、上海不可，心里想的是：如果将来还有政治运动，城市越大就越好藏身。此外，我当然也考虑到，大妹他们，这辈子已经毁了，下一代呢？至少保障受好一点的教育。这些考虑不便明说，但我把阿柴的话牢记在心：有什么要求，大胆提！

这次不提，以后就未必有机会了。

我们对面的那一排人，突然间，全都默不作声。

这时，几天来，话一直不多的大妹，站了起来。

"我们永远听党的话，请党安排，把我们调回我爱人的原籍。"

44

虽然满身创伤，到了个性隐藏、人格萎缩的地步，大妹未向命运低头。我不禁想象，大妹这一生，也许只有这唯一的一次，反抗了。这个突如其来的觉悟，太阳一样，把整间会议室的沉闷荒谬，照亮了。

通过某种对换，很快达成了协议。

当地领导答应了父亲的要求，把大妹一家，调回她爱人的原籍，并安排适当工作，我们出钱，解决他们的住房问题。

父亲做出承诺，一年内，通过同乡会，组织一个访问团，考察投资机会。父亲拍胸脯了，当众保证：

"同乡里面，确有几个，事业做得不小，发了财的，我负责说服他们，回来看看……"

会议在彼此呼应的"回来看看"声中，圆满结束。

第二天一早，我们离开了父亲如今已经习惯称之为"祖国"的大陆。

这一次，没坐火车，不到两个小时，就回到了我们熟悉的地盘。

45

小妹写好一张长长的单子，叫了部出租车，出门"血拼"去了。父亲觉得有点累，想倒头休息一下，但我说：好不容易来一次香港，不能不体验体验。遂硬拖着他，到尖沙咀的半岛酒店去喝下午茶。

一楼咖啡座的布局、装潢和摆设，初看并不特别豪华，然而，穿制服的侍者，动作优雅得体，态度亲切有礼，说话声量压低，但又毫无低声下气的感觉。加上造型和色泽配得恰到好处的家具、桌布、杯碟和刀叉，一种上国衣冠的文明，让出入其中的人，好像都受了感染。

整趟旅程，我多次试图跟父亲对话，软的硬的，一路碰钉子。

不料，如今在似异国又非异国的风格的包围中，他反而自由了。

我抓紧两个问题，希望他说真话。

第一，当初为什么把大妹撂在老家，没带出来？

父亲依旧用我早就知道的那些话搪塞。

我明白指出，这些理由，说服不了人。

第二，母亲为什么不愿跟大妹见面？

父亲还是那句话：她怕共产党。

我只好直说了。

"你跟姆妈，究竟怎么回事？你们分房间睡，多少年了？不要以为我们不在乎，小妹跟我一提到就流眼泪。她有次说：我们这样，算不算孤儿？"

父亲仰头，望着天花板，沉默半天，然后，说了一句话。这句话，解答了我的两个问题。

"大妹子，本不姓李，她该姓范。"

说完话，父亲好像拒绝跟我四目相视，转头望着窗外。作为男人，我了解他的心情。然而，同时，脑子里面有个问题浮现：既然不是亲骨肉，怎么能够一见面就老泪纵横？

突然，一道闪光划过胸腔，我感觉，也许这一辈子，第一次直接碰触到父亲的最内层。

原来，夫妻骨肉之上，父亲还有些埋藏更深的。父亲的眼泪，难道是为自己流的？是终于公开承认了自己一生无可挽回的溃败吗？

46

中年以后，母亲信了基督教。她多次告诉我，是林阿姨，领她走进教会，为她引荐，找到了真主。她相信，林阿姨救了她，帮助她，解脱了一辈子的冤孽。

到美国不久，便收到小妹来信，说母亲皮肤不好，长风疹块，痒得受不了，老治不好。开始大概是拿传统土办法对付，发红疹就用苎麻材料的夏布洗擦，肿块经过擦拭，也许产生了瘀血发散的效果，痛苦得到暂时缓解，然而，过一阵，又发出来，而且，蔓延到其他地方，比擦拭前更严重，终至遍布全身，痛苦不堪。

小妹生下后，母亲下决心，做了输卵管结扎手术。风疹块是多年以后发生的事故，但母亲相信，她受这个罪，就是那个违反自然的手术造的孽。所以，她坚决不看西医。

有一段时间，小妹报告，家里天天煎药，满屋子中草药的味道，亲戚介绍，朋友推荐，台北有名的中医看遍，病情依然毫无起色。

通过跟小妹的通信，我大致了解，除了风疹块，母亲还有失眠、红潮和情绪反复无常的问题。为此，我曾请教一位学医的同学，初步断定，应该是妇女更年期现象。可是，我们始终无法说服母亲去找西医就诊。

当然，那个时代，西医是不是有什么对症下药的办法，也不很确知，荷尔蒙疗法还没听说过，我那个同学也提不出什么特别有效的建议。

母亲的更年期痛苦，前后拖延十年。

风疹块其实只是表面，最难承受的，恐怕是无法治疗的身体病痛向内转化，我所知道的维系母亲一生为人的基本信念，可能都面临无从控制的崩解。

我跟小妹都束手无策，弟弟甚至恼羞成怒，把拒绝看西医的母亲，视为标准的愚昧老妇。

父亲的态度也相当奇怪，他对小妹说：女人拒绝生孩子，必受天谴！

47

我猜测，母亲开始接受林阿姨为她祷告，是她的天生战斗力完全丧失、内心近乎崩溃的时刻。

住家不远处，有一间教会聚会所。

初期，小妹陪母亲去过几次。她说，她从来没见过母亲失魂落魄，可是，当全体教友把母亲围在中间，颂扬主，齐声欢唱圣歌的时候，母亲居然流下了眼泪，而且，好几次，痛哭失声。

小妹后来不愿同去，但母亲说，每聚会一次，她的病痛，就减轻一些。

聚会不到一年，母亲身上的风疹块消失了。她的生活习惯发生了变化,每天天不亮就起床,先读一个小时《圣经》,晚上睡觉以前,再读。饭前祷告感恩,不但成为习惯,生活上遇见任何不遂心的事,她也祷告,祷告应付一切。

母亲跟父亲,从此不再吵嘴。两人并未和解,她设法拯救他,他不领情。直到他们先后去世,维持着和平,不过,小妹说:形同陌路。

两老的晚年,我们家出现这样的局面:母亲一国,父亲一国。母亲的日子,只跟林阿姨一道过,她们找到了信仰,内心也好像从此平静无波。父亲既然拒绝救赎,两个得救的女人,也只好随他,渐渐,隔阂日深,最后连话都没有了。父亲便像孤魂野鬼一样,独自一人,每年报名参加一两次海外观光团,平常,只能靠看报纸、集邮票、听京戏、参观书画展览等活动,打发日子。

48

那是一家外观很不起眼的小小发廊,两面镜子,两把座椅,两个阿巴桑,洗头、吹风、理发、按摩,全套服务一把抓,价钱比正式的那些便宜一半。

刚从美国长途飞回来，浑身上下，没一处舒服，又怕时差调不回来，晚饭后，就走过对街理发。

发廊生意清淡，只有我一个人。阿巴桑的手脚挺重的，头皮发痒，我就没吭声，按摩时，虽然捏不到位，我也忍着。大概也就因为手脚重，又不到位，虽然昏昏欲睡，却无法真正睡着，因此，听到了这段谈话。

"看到没有？"坐在一旁无所事事的那个老一点的阿巴桑说，"就是门口刚走过去的那个老伯伯，头发全白的那个，下次来你给他做……"

"要给他特别服务吗？"

"别紧张，很简单的……"

"你教教我，我最怕老不休呢……"给我吹风的那个年轻一点的说。

"这一个容易，他不会毛手毛脚。"

"那……怎么做吗？"

老的那个嘻嘻笑了一阵。

"他那个的底下，有一条血管，你就拉开拉链，手伸进去，顺血管轻轻摸，等它硬了，帮他弄出来就好了，平常，大概不到十分钟……"

"恶心！"

"小费加倍喔！"

两个阿巴桑笑成一团。

门外走过的白发老头,就是父亲。

49

父亲过世后,母亲挨了五年,有两年住弟弟家,弟弟换学校搬到南部去之后,就跟了小妹,直到糖尿病发,引起并发症,在医院拖了半年才撒手。

医院卧病期间,我回来看她。三番五次问:要不要把大妹接过来,见个面?母亲的身体已经相当衰弱,体重掉得厉害,颧骨因此凸出,眼睛变成了三角形。但她的意志力,毫无松动迹象。

"不必了,"她从头到尾还是这句话,"见了面,更难过。"

我也不敢提"范表哥"。这档子事,是母亲的最后防线,以我对她的了解,就是提了,她也不会承认的。我对小妹和弟弟,也故意不提。我始终认为,这是父亲跟我之间,最宝贵的东西,我相信,除了我,他不会把这个秘密,透露给任何人,包括大妹本人在内。但是,大妹自己蒙在鼓中,我虽未觉得不妥,她一辈子见不到母亲,在我心里,却是无法接受的残酷。

所以,我就自作主张,联合小妹和弟弟,悄悄办理手续，把大妹接到台湾。

母亲的最后一个月，大妹每天在医院打地铺陪伴。

那个时候的母亲，已经形销骨立。

母女见面的那天，我记得，是个台风天。前一天深夜，小妹在香港接到了大妹，两人坐最后一班飞机抵达桃园机场，弟弟开车，我们四个，平生第一次，聚在一起。然而，姊妹俩固然还是拥抱流泪，我跟弟弟却没什么表情，弟弟甚至还有点尴尬的样子。

可是，第二天，大妹跪在母亲床前号啕大哭的时候，弟弟脸色变了，我也第一次感觉，人心里可能真有些东西，连历史都无法阻绝。

母亲的眼光里，闪烁着一点什么。她并未流泪，干枯的脸，却明显放松，出现我此生从未见过的表情，实在无法形容，也许就是外祖父母老照片里残缺的半副对联"百忍堂中有太和"中的"太和"。

那天，离开医院前，母亲嘱咐：明天，帮我把爸爸的那张照片带来。

50

我站在母亲坟前，点燃了最后一炷香。

清明节典型的雨丝，继续飘落。

半山上下，焚化的灰烬和纸钱，在风中旋转。

远处平原，依稀可见公路上的车流，无声疾驰。

地平线的尽头，大台北文明，不知为了什么，耸立如故。

不觉想起了母亲留下的最后一句话：我对得起他们，对不起你们。

我也终于想通了。母亲那双半解放的脚，变成了象征，注定了她无法快乐的一生。她真实拥有的一切，永远无法享受，她眷恋的，都是早已失去或不可能掌握的，像她的童年，像她曾经有过一次的出轨爱情，像她晚年祷告不停的主。

然而，即使这样，我还是觉得，母亲给了我的，不止生命，还有幸福。

胸中的那块疙瘩，渐渐消融。父亲晚年的寂寞，可能跟母亲无关，不过是每个人必将面对的命运罢了。

这时，空中传来了母亲的声音：你不久就会明白的。她说。

——原载二〇〇八年八月《联合文学》

附录

二流小说家的自白

刘大任

现在，我们的小说，是极其自由的，其解放程度，可能远超前人想象。鲁迅和沈从文一辈先行者，如果活在今天，亲眼看见他们的后代，在文字、意象、技巧、形式以至于基本假设等各方面高度"放纵"的创新，想象无穷的变化，恐怕免不了瞠目结舌，无言以对。我相信，这个判断，不算大胆。因为，我自己，虽然也在小说创作这条路上，蹒跚学步多年，读到同代尤其是晚一辈的作品，往往也会感觉，我坚持的这种写法，是不是过于墨守成规，甚至落伍了？

平心而论,我的挫折感,并不太严重。难道,之所以能够不为所动,若非懒惰迟钝,便是顽固骄傲?似乎也不太像。再深挖,发现自己原来早就有一套防震装置。

我始终相信,我这一辈子,最多只能做一个二流小说家。"二流"?乍听有点泄气,然而,"不求闻达于乱世",自然淘汰了与人竞争之类的闲杂意气,心安理得便也不太困难。

不妨分成三点,谈谈我这个二流小说家的信念。

第一,我一向以为,第一流的小说家,在以中国文字作为传播媒介的历史文化范畴内,必须写出"大小说"。那么,什么叫作"大小说"?

英文世界,尤其是美国的文学界,有所谓"美国大小说"(The Great American Novel)的传统,孕育了一代又一代的作家。可见,这个"大小说"的主张,不是我异想天开杜撰出来的。什么样的作品,才符合"大小说"的条件呢?各派评论家自有标准,我只提出最能立竿见影也最简单的。"大小说"流传久远,必须化为基本生活信念，融入一个民族或文明系统的血肉灵魂。也就是说，它必须达到接近永恒的"国族寓言或神话"的高度。

　　白话文运动以来，直到今天，海内海外，我们的"大小说"出现了吗？很抱歉，我只能看见一些"元素"，看不到"整体"。作品生命维持几个月的、两三年的，甚至十年以上的，不能说完全没有。然而，活进我们内面的，只是一些意念和图像，真正系统性的制订价值、校对行为的思想蓝图，尚未出现。

　　视野上推千年，中国人引以为自豪的"大小说"，还是那几部，其中三部是集体创作，一部则残缺不全。

　　第二，"大小说"在一个独特文明系统的历史长河中，必须具有继承融会和发明开拓的断代意义。就这一点而言，我深信，它的最终出现，不能不等待它所属的文明系统，耐心走完由发生到成熟的曲折痛苦历程。

　　现代中文小说，虽然距离诞生期的五四运动已接近百年，本质上，仍在幼年阶段，原因很单纯，我们的文明系统，还没有走出调整重生的阴影。这个论断，不免有些争议。一种观点认为：中文小说世界，光是"文学大系"一类的产品，就不知多少套了，作家和作品，更是成千上万，无法计数。量之外，还有质，不是连国际公认的诺贝尔奖都得了吗！另一种观点，刚好相反，基本逻辑是：电影削弱小说，电视削弱电影，网络削弱电视。结论很简单，小说过时了，灭亡之期，指日可待！

上述两种观点，似是而非。

量大质精的说法，相当脆弱。小说又不是人海战术，诺贝尔奖更不能代表什么，你只需问，得奖作品有几个人读？又对我们的文化价值和生活智慧，产生过什么影响？

循环削弱观念，也是以现象代替本质的论点。现代传播媒介的推陈出新，不能取代人类精神生活的根本需求。纵然有一天，作为沟通媒介的文字完全淘汰，"大小说"还是不能没有，因为，所谓"大小说",其实是精神生活的总体表现,没有精神生活,人类不成人类。淘汰了文字的"大小说",不过是通过另外的媒介传递罢了。

第三,我们所属的文明系统,通过对集体记忆的诠释和现代考古学的发掘推证,可以追溯到五千至五千五百年前。考古学现在的论据,大概以龙山文化后期作为中国文明的发轫,相当于古代经典记载的炎黄争霸前后。这个独特的文明系统,从它的原始国家形成,直到今天,百分之八十的时间,都处于人类文明的领先地位(汉武帝时代,中国的人口和财富,都占世界三分之一)。两河流域和埃及,起源更早,成就相当灿烂,但后继无力。印度文明也有它的独特性,但在影响扩散的程度上,无法与希腊、罗马、西欧这个辗转承续的文明系统分庭抗礼。中国在明代中叶以后,闭门锁国,故步自封,失去了生命力,前后将近六百年。

从清末康梁变法,到现在,一百多年了。这一百多年,一代又一代的民族精英,所作所为,不过是为这个面临衰亡的文明系统,在世界上重新寻找它应有的位置。

我相信,这个探索翻身的过程,虽然牺牲重大,艰难漫长,距离终点也还早,成果却逐渐显露出来了。

我认为,我们这个文明系统的重生,已经快要摸到"文艺复兴"的门槛。

"大小说"与"文艺复兴"是相辅相成、互为表里的。两者同时出现,符合逻辑,却有一个不能或缺的前提条件,必须有文化创新的长期经验积淀。

二流小说家的终生任务,就在于提供积淀素材。

我们先天所属的文明系统既然还在阵痛难产的阶段,"大小说家"就不可能顺利出生。二三十年代到现在,包括海峡两岸,表面人才济济,仔细看,每一个都有点营养偏枯,多少暴露了学养单薄、感性理性失调和毅力魄力不足的弱点。伟大而独特的文明系统,必然要求掌握核心精神命脉的全面体现,具有这种条件的人才,我感觉,恐怕至少还要等待一两代。

大前提说清楚了，接下来，可以谈一谈自己。

前面已经声明，我给自己的定位是"二流小说家"，其实，我连"小说家"这个称号都觉得十分汗颜，一向只自命为"知识分子"。然而，由于刚懂事那一阵子，恰好是个不怎么开放的社会，"知识分子"的一些感情、理想和作为，便只能曲曲折折通过文学形式传达，就这么写起小说来了。日子一久，慢慢形成一种思想和表达的习惯，居然累积了若干篇幅。事实上，这些年来，用力多在散文、随笔和评论（不妨总称之为"文章"），总量约三倍于小说，应该算是安身立命的本业。何况，我们的传统早就认定，"文章"乃"经国之大业""不朽之盛事"，小说不过"旁门左道"，得等梁任公先生大声疾呼，鲁迅身体力行，才争得一席之地。无论如何，当今世界，"大业盛事"和"旁门左道"都成了商场上的滞销品。归根结底，既然对"大小说"仍有待焉，二流小说家又有贡献文化积淀的义务，就必须将所有产品整理出来，接受公众检验。

快要到鞠躬下台的时刻了。我遂将历年所写全部小说作品收齐，按性质重编，辑成五部（注），分别题名为：《晚风细雨》《羊齿》《残照》《浮沉》和《浮游群落》，交由联合文学出版社陆续出版。

张宝琴女士，在市场萎缩、文学暗淡的环境下决定出这套书，表现了出版家的魄力。雷骧兄特允配制插画，杜晴惠、蔡佩锦费心编辑作业，在此表示感谢。

还有话要说，二〇〇八年是我停写小说多年后重新执笔的一年，写了一个中篇《细雨霏霏》，两个短篇《莲雾妹妹》和《火热身子滚烫的脸》，忍不住希望，这是新的开始。

二〇〇八年十二月十二日

——原载《晚风细雨》，台湾联合文学出版社二〇〇九年一月版。原为该社"刘大任小说作品"总序注释：

　　后来共出版六部，加上了《远方有风雷》。现在则增加到八部，新作包括：短篇小说集《枯山水》和长篇小说《当下四重奏》。

策划出品：胡洪侠　责任编辑：汪小玲　吴琼　装帧设计：杨军　绘图：雷骧